Bibliografische Information der Deutschen Nationalbibliothek
Die Deutsche Nationalbibliothek verzeichnet diese PubliKathion in der Deutschen Nationalbibliografie; detaillierte bibliografische Daten sind im Internet über http://dnb.d-nb.de abrufbar.

Dieses Werk ist urheberrechtlich geschützt.

Alle Rechte, auch die der Übersetzung, des Nachdruckes und der Vervielfältigung des Buches, oder Teilen daraus, vorbehalten. Kein Teil des Werkes darf ohne schriftliche Genehmigung des Verlages in irgendeiner Form (Fotokopie, Mikrofilm oder ein anderes Verfahren), auch nicht für Zwecke der Unterrichtsgestaltung, reproduziert oder unter Verwendung elektronischer Systeme verarbeitet, vervielfältigt oder verbreitet werden.

Dieses Buch ist auch als eBook und Hörbuch erschienen.
Copyright © 2024 Herpers Publishing International
2. Auflage

Autorin: Valerie Nilon / Valerienilon.com
Cover: Patrizio Kroyani / Kroyani.com
Internet: Edelste-Erotik.de

Alle Rechte vorbehalten.

ISBN: 978-3-946268-97-0

Valerie Nilon

Service Girls

Fünf Frauen und ihre Leidenschaft im Beruf

Das Zimmermädchen

Schöne Beine

In der S-Bahn nach Hause sitze ich direkt neben einer elegant gekleideten Dame. Sie ist etwa vierzig Jahre alt.
Ich beobachte die beiden Männer, die gegenüber von uns sitzen.
Keiner schaut mich an. Dabei bin ich eine sechzehn Jahre junge, hübsche Brünette.
Ihre Blicke kleben unaufhörlich an den Beinen der Frau neben mir. Sie ist auch hübsch, aber viel älter.
Die Jungs sind eher mein Alter, so achtzehn bis zwanzig. Aber nein, sie starren die ganze Zeit auf meine Nachbarin.
Ich schaue an mir hinunter. Ich trage einen Pullover, eine ganz normale Jeans und weiße Turnschuhe.
Sie trägt einen kurzen schwarzen Rock und eine schwarze Strumpfhose mit Pumps. Da die Augen der beiden Männer unter ihrem Rock kleben, denke ich, sie trägt wohl keinen Slip drunter. Oder sie trägt Strapse. Ich strecke meine Brust etwas raus.
Aber keiner der beiden bemerkt mich. Ich werde richtig neidisch. Wenn ich gleich nach hause komme, werde ich mir sofort auch ein Kleid und eine Strumpfhose anziehen. Ich fühle mich wie eine hässliche Ente neben dieser attraktiven und erotisch gekleideten Frau.
Ob die Jungs mich auch so angucken würden, wenn ich eine Strumpfhose an hätte?
Beide Kerle sind gut gebaut und haben enge Hosen an. Sie sind richtig erregt, während sie die Frau neben mir beobachten.

Ich bin fasziniert.

Ich glaube ich kann sogar sehen, wie beide eine Versteifung in der Hose bekommen. Oh, das macht mich an.

Mich macht es jedes mal total an, wenn Männer ihre Erregung zeigen. Noch erotischer finde ich es, wenn sie sich nicht dagegen wehren können und es ihnen peinlich erscheint, dass ihr Penis immer steifer wird.

Das habe ich schon einmal erlebt, als ein Onkel von mir an meinem fünfzehnten Geburtstag mit mir Standard getanzt hat. Ich erinnere mich, ich trug damals auch ein dünnes Kleid mit nur einer Strumpfhose drunter. Ich hatte ihn gebeten, mir Tango bei zu bringen. Das konnte er nämlich sehr gut. Als wir alleine in meinem Zimmer übten, bemerkte ich, dass er dagegen kämpfen musste, dass sein Penis immer größer wurde. Er war total geil auf mich. Seine Hand kam immer wieder fast ganz unter meinen Rock. Mein Rock rutschte auch immer sehr hoch. Und ich muss zugeben: ich habe es provoziert, dass er immer höher flog. Ich bin mehrmals mit meinem Bauch gegen seinen steifen Schwanz gestoßen und ich hab es geliebt. Wenn er nicht mein Onkel gewesen wäre, hätte ich mit ihm schlafen wollen. Doch so blieb es bei einem einmaligen Erlebnis. Obwohl es ihm peinlich war, hat er aber das Tanzen nicht abgebrochen. Ich denke, es war einfach auch zu schön für ihn, mich am Po und an der Taille anzufassen.

Dieses Erlebnis bringt mich in Gedanken immer wieder in eine hocherotische Stimmung.

Desto frustrierender ist es für mich, dass die beiden gut gebauten Jungs nur auf die Beine neben mir starren.

*

Ich muss aussteigen. Selbst während ich aufstehe, werden mir nur kurze Blicke zugeworfen. Ich habe offensichtlich das Falsche an.

Das werde ich schnell ändern, wenn ich zu Hause bin. Ich möchte heute Abend im Mittelpunkt stehen. Schließlich feiere ich mit zwei Freundinnen meinen neuen Ausbildungsplatz als Hotelfachfrau.

Ich verlasse die Schule nach der mittleren Reife, weil ich einfach kein Lust mehr habe, jeden Tag zu büffeln. Ich habe gehört, dass ich im Hotel mehr körperlich arbeiten muss. Das liegt mir sehr. Ich setze gern meinen Körper ein. Ich bewege mich gern und habe daher auch eine sehr schlanke Figur.

Was ich auch toll finde, ist, dass ich jeden Tag sexy angezogen sein werde. Alle Mitarbeiterinnen tragen die klassische schwarz-weiße Uniform. Also kurzer schwarzer Rock, weiße Schürze, weiße Bluse und schwarze Strumpfhose mit schwarzen Pumps. Bei meinem Probetag fühlte ich mich wie ein Star in den Sachen. Alle Chefs waren begeistert.

Das Hotel ist nicht sehr groß, aber gehört einer großen und sehr exklusiven Kette an. Fünf Sterne hat es. Es sollen dort schon viele Prominente übernachtet haben. Ich bin schon gespannt, wen ich da bald bedienen darf.

Der Gedanke erregt mich.

Ich habe mir schon oft ausgemalt, wie es ist, wenn ich einem reichen Gast begegne. Ich werde sehr nett zu ihm sein, um ihm zu gefallen. Vielleicht gibt es dann auch Trinkgeld. Mein Gehalt als Auszubildende ist zwar mit 325 Euro nicht schlecht, aber wenn ich bedenke, dass ein Paar schöne Sandalen auch schon fast 100 Euro kosten, kann es sicher nur gut sein, ein bisschen nebenher zu verdienen. Vor allem, um mal von zu Hause auszuziehen.

Das wäre schön. Dann müsste ich mir nicht mehr die kleine Wohnung mit meiner Mutter teilen und sie hätte auch mal mehr Freiraum, ihre Freunde mit nach Hause zu bringen. Das gibt ja sowieso immer nur Stress.

Meine Mutter hat seit der Trennung von meinem Vater ständig neue Liebhaber. Irgendwie kann sie sich nicht für einen entscheiden. Es kam schon mehr als einmal vor, dass die Kerle es nicht nur auf meine Mutter abgesehen hatten, sondern auch mir nachstellten. Das fand ich zwar immer toll, weil sie mich begehrten wie eine erwachsene Frau, aber meine Mutter ist dann immer ausgerastet. Manchmal hat sie auch übertrieben reagiert. Ich finde es nicht so schlimm, wenn sie mich in den Arm nehmen oder mir ein Küsschen geben. Sie vermutete dann immer gleich, dass die Jungs mehr von mir wollten.

Dabei hatte sie fast immer Recht damit. Ihre Freunde haben mir fast immer Avancen gemacht, wenn ich alleine mit ihnen im Raum war. Aber das habe ich ihr nie erzählt. Das hätte nur wieder Stress gebracht.

Dass ich sogar mit einigen von ihnen intim wurde, weiß sie natürlich auch nicht.

Ich hab es schon immer genossen, so begehrt zu werden. Meine Mutter und ich laufen oft nur in Strumpfhose und T-shirt zu hause rum. Das ist sehr bequem. Aber für die Männer natürlich auch super sexy anzusehen. Meine Mutter sieht es nicht gern, wenn ich auch so rumlaufe, aber sie kann es mir auch nicht verbieten. Manchmal glaube ich, dass sie es insgeheim mag, wenn ihre Freunde mich heiß finden. Vor allem, wenn Alkohol im Spiel ist, wird sie total locker. Dann darf ihr Freund auch schon mal zwischen uns auf dem Sofa sitzen, während wir uns ein Video ansehen. Dass seine Hände dann nicht nur auf ihren Beinen sind, bemerkt sie dann nicht oder toleriert es sogar. Meistens beenden die Männer selbst die zu heiße Situation, in dem sie mit meiner Mutter schnell im Schlafzimmer verschwinden. Nur einmal kam es ganz anders. Aber auch das hat meine Mutter nie erfahren.

Ich liebe es, Geheimnisse zu haben.

MÄDELSTREFF

Es ist schon nach sieben Uhr. Um acht holt mich meine Freundin Sabine ab. Ich ziehe mich ganz aus und betrachte mich im Spiegel. Ich war gestern noch auf der Sonnenbank und bin jetzt herrlich braun. Keine weißen Flecken zu sehen. Es ist ja gar nicht so einfach, nahtlos braun zu werden auf der Sonnenbank. Ich strecke immer ganz lange meinen Po hoch, damit es keine Flecken am Po gibt. Das ist anstrengend, aber hilft.

Meine Bauchmuskulatur ist sehr gut ausgebildet. Letztens wurde ich von einem Casting-Typen in der Disco angesprochen, der meinte, ich hätte den schönsten Bauch aller Zeiten. Ich trug eine bauchfreies Top über meinem Minirock. Meine Beine fand er auch so toll, dass er mich fragte, ob ich für ihn nackt Modell stehen könnte. Ich habe lange überlegt, aber mich dann nicht getraut, zuzusagen.

Mittlerweile träume ich davon, nackt gemalt zu werden. Die Idee, dass ein Mann mir zwischen meine Schamlippen sieht und mit ausgebeulter Hose vor mir steht, gehört zu meinen immer wieder kehrenden erotischen Tagträumen.

Wenn es nicht schon so spät wäre, hätte ich mir diese Szene gern vorgestellt und mich dabei entspannt aufs Bett gelegt. Dann würden meine Finger zwischen meinen Beinen kreisen. Aber vielleicht kann ich mich ja nach der Party etwas um mich selbst kümmern. Hoffentlich sind ein paar Jungs da. Oder wird das nur ein Mädelstreff?

Ich bin gar nicht sicher, was Sabine und Nathalie geplant haben.

Auch egal. Wir haben immer Spaß, auch wenn wir nur zu Dritt sind. Dann lassen wir die Korken knallen und schauen uns Videos an. Wir freuen uns so auf den Beginn unserer Ausbildungen.

Während Sabine in einer Bank anfängt, macht Sara ein Ausbildung zur Bürokauffrau. Ich bin die einzige aus unserer Schule, die im Hotel eine Stelle bekommen hat.

Ich gehe in die Küche. Meine Mutter sitzt am Tisch und liest ein Magazin.

»Na?« fragt sie ohne aufzublicken.

»Hi, Mama, darf ich eine Flasche Sekt mitnehmen zu Nathalie? Wir feiern doch heute den Abschied von der Freiheit.«

»Oh, du gehst noch weg?« Sie schaut hoch, mustert mich von oben nach unten, »Oh, hast du noch was vor? Du hast dich so schick gemacht. Ist das eine Strumpfhose von mir?«

»Ja, ich hatte keine mehr. Das ist doch okay, oder?«

»Naja, das ist meine Beste gewesen. Du weißt doch, wie teuer die sind.«

»Ja, aber ab morgen verdiene ich doch eigenes Geld.«

»Ja, ist okay. Aber du kannst mir ja dann auch mal eine kaufen.«

»Klar. Haben wir keinen Sekt hier?«, frage ich während ich den Kühlschrank aufmache und ihn durchsuche.

»Nein, Sekt ist keiner mehr da. Ich bin sowieso dagegen, dass du so viel Alkohol trinkst. Du bist doch erst 16.«

»Ach, Mama, du bist doch sonst nicht so. Sekt gehört doch dazu, wenn man feiert!«

»Sind Jungs da, dass du dich so schick machst? Ist das schwarze Minikleid nicht zu schade? Es ist doch aus Seide.«

»Ich weiß nicht, ob Jungs da sind. Darf ich mich nicht auch so hübsch machen?«

»Klar darfst du das, aber wenn du nur ne Jeans angezogen hättest, wäre mein Strumpfhose morgen früh noch garantiert ganz.«

Wie ich diese Diskussionen hasse.

»Ja, Mama, das sagst gerade du. Du trägst doch auch keine Jeans, sondern immer Strumpfhosen.«

»Nein ich trage mehr halterlose Strümpfe. Die gehen auch nicht so schnell kaputt.«

»Ja, toll, wenn ich Halterlose anziehe, sagst du wieder, dass ich damit die Männer verrückt mache. Das willst du doch auch nie.«

»Ja, Schatzi, das stimmt. Lass sie an, ich hab ja nichts gesagt. Ich mit meinen 40 kann halterlose tragen, aber für eine 16jährige finde ich das auch ein bisschen zu aufgetragen.«

»Siehst du«, antworte ich triumphierend und verlasse den Raum.

»Schatzi«, ruft sie mir hinterher, »nimm was zu knabbern mit, davon haben wir noch ganz viel. Und komm nicht zu spät nach Hause! Ab morgen beginnt der Ernst des Lebens. Pünktlichkeit ist das A und O der Berufstätigkeit!«

»Ja, du hast Recht, ich denke so gegen 10 bin ich wieder da.«

Es klingelt an der Tür. »Sabine ist da!« rufe ich, ziehe mir schnell meine halb hohen schwarzen Pumps und meinen hellen Trenchcoat an, schnappe mir eine Knabberbox aus dem Vorratszimmer und verschwinde durch die Tür ins Treppenhaus.

Wir wohnen auf der dritten Etage. Sabine wartet meist unten vor der Tür. Wir gehen gemeinsam zu Nathalie. Sie wohnt nur zwei Häuserblocks weiter.

»Hi, Biene«, begrüße ich meine Freundin und drücke sie fest an mich.

»Hi, Süße, du hast dich ja fein gemacht.«

»Wieso, du trägst doch auch ein Minikleid, oder?«

»Ja, klar. Hast du mich schon mal in Jeans gesehen?«
»Nee!« antworte ich und wir lachen. »Sind denn Jungs eingeladen?« frage ich.
»Wer braucht denn Jungs. Natti will aber ein Video von uns drehen und ins Internet stellen.«
»Ach was! Und mir sagt sie nicht Bescheid.«
»Na, du bist doch immer toll und sexy angezogen, sie hat sich nichts dabei gedacht.«
»Okay, ist schon gut. Aber das ist ne tolle Idee. Wer macht das Video denn von uns?«
»Keine Ahnung, vielleicht ist der Opa von Natti da. Der ist doch immer so nett.«
»Ach der geile Sack, der immer zu uns ins Zimmer kommt, wenn wir da sind?«
»Ja, genau, dann hat er mal nen richtigen Grund bei uns zu spannen!«
Wir lachen.
»Klar, das ist doch ne tolle Idee«, sage ich und denke daran, wie es sein würde, wenn wir ihn mal so richtig heiß machen würden. Der alte Mann bekommt sicher nicht so oft junge Mädchen in kurzen Röcken vor die Kamera. Irgendwie erinnert mich die Sache an meinen erotischen Traum.
»Oh, ja, Biene, lass uns den Opa richtig scharf machen, okay?«
»Was meinst du? So mit unter den Rock gucken lassen?«
»Ja, genau. Das wird doch bestimmt ein super Spaß!«
»Oh, ja, cool. Ich weiß aber nicht, ob das Natti so toll findet.«
»Egal, wir machen das einfach und dann gucken wir mal wie sie reagiert. Ich hab Lust den Opa so richtig ins Schwitzen zu bringen. Ich finde das hat er sich so richtig verdient. Wir haben ihn schon so oft ausgenutzt.«
Ich stelle mir vor, wie er schwitzend vor uns sitzt und eine riesige Beule in seine Hose bekommt, während ich ihm meinen Po entgegenstrecke und er mir unter den Rock

sieht. Allein der Gedanke macht mich feucht im Schritt.

*

Wir kommen an und klingeln an der Tür von Natties Haus. Sie wohnt auch in einem Hochhaus auf der dritten Etage. Oben angekommen, gehen wir durch den Flur bis zu ihrem Zimmer.

Da steht der Opa vor uns. Er kam gerade aus dem Badezimmer und trägt nur eine Jogginghose und ein T-Shirt.

»Na, junge Damen, wie geht es Euch?«

»Danke, gut, Herr Kressen, und Ihnen?«

»Danke der Nachfrage, wenn ich Euch beide sehe, fühle ich mich gleich um 20 Jahre jünger. Ihr seht ja wieder ganz bezaubernd aus.«

»Danke. Wenn sie mögen, können Sie ja nachher mal zu Natti ins Zimmer kommen. Wir wollten ein Video von uns drehen fürs Internet.«

»Ein Video, oh, das mache ich sehr gern. Ich hole sofort die Kamera.«

Währenddessen kommt Nathalie aus ihrem Zimmer. »Was ist los?« fragt sie überrascht, »Opa soll das Video machen? Das können wir doch alleine.«

»Nein, ich finde Dein Opa kann das bestimmt am besten«, antworte ich schnell und blinzle Sabine zu. Sie grinst und nickt zustimmend. »Außerdem fände ich es toll, wenn mir dein Opa was von Hotels erzählen würde. Er ist doch sicher schon viel rum gekommen. Wo ich doch morgen meine Ausbildung im Hotelfach beginne.«

Wir Mädchen gehen in ihr Zimmer, ziehen uns die Schuhe aus und legen uns aufs Bett. Nathalies Großvater kommt, mit seiner Videokamera bewaffnet, hinzu und setzt sich auf den Sessel gegenüber.

»Opa, wenn du heute Abend schon dabei bist, dann besorg' uns doch bitte was zu trinken.«

»Na klar, Nathalie, was darf's denn sein? Ein Sekt oder Wein oder was Härteres?« fragt er mit einem breiten Grinsen, »wenn ihr was trinkt, werdet ihr sicher auch lockerer für das Video.«

»Oh, ja ruhig was Härteres«, antworte ich schnell.

»Ne, Opa, Sekt wäre toll. Mehr nicht.« Sie guckt mich mit einem verständnislosen Blick an und raunzt mir zu »Was soll das denn, Laura, so werden wir ihn doch gar nicht mehr los.«

»Ach, Quatsch, gönn ihm doch auch mal was. Wenn er zu aufdringlich wird, schicken wir ihn einfach raus.«

»Na gut.«

»So ihre süßen Mäuse, hier ist was zu trinken.« Er schüttet vier Sektgläser voll und reicht sie uns rüber. Dann prosten wir uns zu und er setzt sich wieder auf den Sessel. Seine Augen wandern unsere Beine auf und ab. Er schämt sich nicht zu zeigen, wohin er schaut. Ich sitze ihm direkt gegenüber und sein Blick verweilt unter meinem Rock, der sehr hochgerutscht ist.

Ich schaue dabei auf seine Jogginghose und kann ganz deutlich seinen Penis erkennen, der sich leicht bewegt. Dann schaue ich ihm in die Augen. Er guckt zu mir hoch und fragt: »Und du willst etwas über Hotels wissen?«

»Ja, ich fange morgen im Grand Hotel Großwirt an.«

»Oh, im Grand Hotel. Das ist aber ein richtig nobles Haus. Da musst du sicher immer gut gekleidet sein, oder? Ich meine, dort tragen alle Mädchen immer kurze Röcke und weiße Schürzen.«

»Ja, das stimmt. Waren Sie schon mal dort?«

»Nicht hier im Ort, aber schön öfter unterwegs, in München, Hamburg und Berlin. Das ist ja ein große Kette.«

»Eine Kette? Gibt es davon mehrere?«

»Ja, auf der ganzen Welt haben sie Häuser. Sogar in Dubai.«

»Oh, das wusste ich gar nicht. Und die Angestellten haben überall das Gleiche an?«

»Ja, ich glaube schon. Bei deinen wunderschönen Beinen wirst du sicher schnell Karriere machen dort.«

»Meinen Sie?«

»Na klar, da sind nur schöne Mädchen mit tollen Beinen

beschäftigt. Ich glaube der Inhaber steht auf Frauen in Strumpfhosen. Und die meisten Gäste wohl auch. Ich finde es toll dass ihr drei Girls alle so gern Strumpfhosen tragt. Es ist ein Traum, euch so auf dem Bett zu sehen.«

»Opa!«, beschwert sich Nathalie, »Hör bitte auf so zu sabbern!«

»Ach Nattie, ich schenke dir doch so oft teure Sachen zum Anziehen. Du könntest mir ruhig mal den Anblick deiner Beine und die deiner Freundinnen gönnen. Ich tu euch schon nichts.« Wir lachen.

»Bei mir dürfen sie ruhig gucken, Herr Kressen, ich finde sie sehr nett.«

»Danke, Laura, du bist ja eine ganz heiße Maus. Wenn ich in deinem Alter wäre, würde ich mich sofort in dich verlieben.«

»Sie waren sicher ein ganz toller Typ früher, oder?«

Während ich das sage sehe ich, wie sich sein Penis unter seiner dünnen Hose wie ein Zirkuszelt hoch stellt.

Er bemerkt es und verdeckt ihn mit einer Hand. Er wird rot dabei, schaut auf seine Uhr und beginnt zu haspeln, »Oh, schon acht, ich muss dringend telefonieren. Das Video könnt ihr doch selbst machen, oder?«

Biene und ich grinsen uns zu, weil wir wissen, was los ist. Nur Natti hat es mit der Versteifung nicht mitbekommen.

Als die Tür hinter ihm zufiel, prustet es aus Sabine raus: »Telefonieren, ja, ja, wohl eher Onanieren.«

Wir lachen.

Nur Natti fragt: »Hab ich was verpasst?«

»Ne, ne, ist schon gut, Natti«, antworte ich, während ich meinen Rock wieder zurecht ziehe.

»Hast du etwa meinen Opa die ganze Zeit unter deinen Rock gucken lassen?« Ich grinse nur.

»Oh, Mann, bist du fies, Laura!«

»Wieso fies, ihm hat es gefallen.«

»Gefällt es dir etwa, hilflosen alten Männern den Kopf

zu verdrehen?«

»Ich glaube schon«, antworte ich und grinse breit.

Wenn die beiden wüssten, wie sehr mich das erregt hat. Meine Strumpfhose ist pitschnass zwischen meinen Beinen. Ich konnte unter seiner Hose genau die Eichel seines harten Schwanzes erkennen. Der Anblick eines erigierten Penisses macht mich super feucht. Das war schon immer so, seit ich meinem Cousin Mark einmal heimlich beim Masturbieren zugesehen habe. Damals war ich dreizehn und er übernachtete in meinem Zimmer. Er dachte wohl, ich schliefe schon, aber ich war noch wach und konnte alles genau beobachten. Besonders beeindruckt hat mich der Schwall seines Saftes aus seiner Eichel. Es war so viel und ein Spritzer landete auf seinem Gesicht. Er hatte es mit einem Tuch weggewischt und es unter sein Kopfkissen gesteckt. Am nächsten Morgen hat er es dort vergessen und als er schon in der Dusche war, habe ich es hervorgeholt und daran gerochen. Es war noch ganz nass und sein intensiver Geruch hat mich sofort völlig nass zwischen den Beinen werden lassen. Ich habe das Tuch genommen und in eine Schuhbox getan, um es am nächsten Abend mit ins Bett zu nehmen.

Während ich das Tuch an meine Nase hielt und meine Finger an meinen Schamlippen und dem Kitzler spielten, bekam ich meinen ersten wahnsinnigen Orgasmus. Offensichtlich ist der Geruch von Sperma ein Schlüssel zur schnellen Erregung bei mir. Am liebsten würde ich dem Opa jetzt zusehen, wie er sich selbst befriedigt.

»Laura! Träumst du?«

»Was?« schrecke ich auf. Ich war wohl gerade völlig in meinen Gedanken versunken.

»Wenn du so bei deiner Arbeit träumst, wird das wohl ein kurzes Lehrjahr, oder?« fragt mich Biene mit einem Rütteln an meinen Schultern und lacht. »Woran hast du jetzt bitte gedacht?«

»Ach nichts!«, lüge ich und grinse. »So, was müsst ihr

denn eigentlich anziehen bei euren Jobs?«

»In der Bank sind auch Rock und Strumpfhose angesagt«, erwidert Sabine, »und bei dir, Nattie?«

»Ich kann kommen wie ich will. Die meisten laufen in Jeans rum. Aber ich ziehe auch am liebsten Röcke an. Mal sehen, wie das da ankommt.«

Wir prosten uns mit den Sektgläsern zu und erzählen uns bis kurz vor zehn von unseren Bewerbungsgesprächen.

In einem ähnelten sich unsere Gespräche alle: In knielangem Rock und Strumpfhose bekommt man wohl am besten Jobs.

Mein erster Arbeitstag

Ich bin total aufgeregt. Beim Probetag hatte mir die Ausbilderin gesagt, dass wir völlig eingekleidet würden und ich keine Strumpfhose anziehen müsse. Diese würden uns aufgrund des hohen Verbrauchs gestellt. Aber ich ziehe vorsichtshalber noch mal die gute Schwarze von gestern an. Man kann ja nie wissen. Dazu einen knielangen schwarzen Rock und eine weiße Bluse. Ich glaube, so mache ich sofort eine guten Eindruck. Mit mir fangen ja elf andere Mädchen die Ausbildung an.

Beginn ist heute neun Uhr. Meine Mutter ist extra aufgestanden, um mir Glück zu wünschen. Ihre Schicht als Kellnerin beginnt erst heute Nachmittag.

*

Das Hotel ist nur zwei Busstationen von zu hause entfernt und liegt direkt an einem großen Kurpark. Es ist August und die Blumenbeete stehen noch in voller Blüte. Ich fühle mich großartig an diesem sonnigen Spätsommertag.

Eine fremde, aufregende Welt erwartet mich und ich freue mich darauf. Ich gehe über eine Seitenstraße zum Hintereingang des Hotels, der nur für Hotelpersonal und Lieferanten zugänglich ist.

Vor der Tür warten schon einige junge Frauen. Sie sind wohl meine Kolleginnen. Sie sind alle sehr hübsch und schlank. Außer einer tragen alle Röcke mit schwarzen Strumpfhosen. Puh, also hatte ich den richtigen Riecher.

*

Um Punkt neun bittet uns ein älterer Herr im dunklen Anzug in einen Besprechungsraum. Dort sind die dreizehn Stühle im Halbkreis aufgestellt, ohne Tische davor. Die zwölf Mädchen setzen sich hin. Dann stellt sich Herr Arnold als Ausbildungsleiter für das erste Ausbildungsjahr vor.

»Liebe Auszubildende. Ich begrüße sie sehr herzlich in unserem renommierten Hause des Grand Hotel Großwirt. Die Familie Großwirt führt unsere Hotelkette seit über 100 Jahren und das in der mittlerweile dritten Generation. Wir legen höchsten Wert auf Glanz und Eleganz. Merken sie sich das bitte. Glanz steht für Sauberkeit, Reflexion und Freude. Eleganz steht für Einrichtung, Mode und Ordnung. Jeder Mitarbeiter glänzt mit sauberen Ergebnissen, scharfem Verstand sowie guter Laune. Aber auch modisch passen wir uns dem hohen Stellenwert unserer Gäste an.

Daher gibt es eine klare Kleiderordnung.

Die Herren tragen alle, außer in der Küche, dunkle Anzüge mit Nadelstreifen an der Seite der Hose.

Alle Damen tragen auch in der Küche, eine weiße Bluse und eine weiße Schürze auf schwarzen kurzem Rock. Die Beine sind immer in schwarze, sehr teure Strumpfhosen zu hüllen. Dazu gibt es hohe Schuhe. Diese Kleidung ist sowohl beim Zimmerdienst als auch bei der Reinigung der Toiletten zu tragen. Unser Hotel hat sich allein durch diesen Dresscode einen exquisiten Ruf in aller Welt geschaffen. Wir sind besonders beliebt bei Geschäftsleuten aus dem Topmanagement. Diese Herren sind gewohnt, dass sich Frauen immer elegant kleiden, wenn sie ihnen begegnen. So bitte ich sie, sehr pfleglich mit ihrer Kleidung umzugehen.

Insbesondere mit den Strumpfhosen. Sie sind bekanntlich sehr anfällig für Laufmaschen beim Putzen. Daher stellen wir zum Reinigungsdienst eine weniger teure Qualität bereit, als wenn sie im Foyer oder im Restaurant arbeiten. Dort tragen sie die teure italienische Marke.

Jeden Tag geht die Kleidung in die Wäsche, auch die Unterwäsche. Am Anfang und Ende Ihrer Schicht ziehen Sie sich komplett um. Nur so können wir den Reinlichkeitsgeboten unseres Hauses gerecht werden. Dies gilt für die Frauen genauso wie für die Männer. Natürlich haben wir getrennte Sammelkabinen mit Spindschränken für Ihre private Kleidung. In den Kabinen befinden sich große Wäschekörbe, in die sie bitte die Arbeitskleidung hineinlegen. Diese werden von der Wäschefrau abgeholt und zur nächsten Woche gewaschen. Daher benötigen Sie immer fünf Sets ihrer Kleidung.

Alle ihre Wäschestücke, sogar ihre Sringtanga-Slips und die Strumpfhosen werden mit ihren Initialen bestickt. So kann es nie zu Verwechslungen kommen und man kann Beschädigungen den Verursachern zuordnen.«

Die Mädchen schauen sich mit großen Augen an.

»Ja, Sie sehen, die Kleidung hat einen hohen Stellenwert bei uns. Aber bevor wir zu den Einzelgesprächen und dem Rundgang kommen, möchte ich Ihnen etwas Neues zu unserem Ausbildungsplan sagen. Die Geschäftsführung hat sich entschieden, alle hier anwesenden Auszubildenden bereits ab morgen in zwölf verschiedene Filialen in Europa zu schicken.«

Ein Raunen geht durch die Gruppe.

»Und sie werden das erste Jahr rotieren.« Das Raunen wird noch lauter.

Das erste Mädchen zeigt, wie in der Schule, auf.

»Ja, bitte, eine Wortmeldung?«

Eine zierliche Blondine mit kurzem beigen Kleid und hautfarbener Strumpfhose fragt: »Heißt das, dass wir morgen schon weg müssen? Und wo übernachten wir?«

»Ja. Sie werden ein Personal-Einzelzimmer im jeweiligen Hotel haben.«

Ein anderes rothaariges Mädchen fragt aufgeregt: »Und wohin komme ich?«

»Das wird im Einzelgespräch geklärt. Es scheint sie zu überraschen. Aber im Arbeitsvertrag, den sie und ihre Eltern alle unterschrieben haben, steht der Passus, der diesen Fall eindeutig klärt. Sie haben sich alle bereit erklärt, jegliche Einsatzorte zu akzeptieren, weltweit.«

Das Gemurmel nimmt gar kein Ende. Meine jungen Kolleginnen scheinen geschockt zu sein.

Ich selbst bin erstaunlich gelassen. Ich habe keinen festen Freund und meine Freundinnen werden es bestimmt überleben, wenn sie mich nur am Wochenende sehen. Außerdem habe ich auf diese Art das Problem der zu engen Wohnung meiner Mutter auch gelöst.

Ich freue mich.

Wohin werde ich wohl kommen?

Der Ausbilder

Plötzlich spricht mich Herr Arnold an: »Laura, wie ich sehe, haben Sie die geringsten Probleme mit dieser Vorgehensweise. Daher möchte ich Sie als Erste zum Einzelgespräch bitten.«

Mit einem verständnislosen Blick in die diskutierende Menge ergänzt er mit einem süffisanten Lächeln: »Natürlich dürfen Sie auch als Erste aus allen Filialhäusern wählen. Kommen Sie bitte mit. Die anderen Damen warten bitte hier.«

Ich stehe auf und folge ihn in eine Suite.

»Dies ist eine unserer Luxussuiten. Hier haben wir die Wäsche für die neuen Auszubildenden besticken lassen und hier verteilen wir sie. Hier ist ihr Stapel. Bitte ziehen Sie sich jetzt ein Set an.«

Er setzt sich in die Ecke des Zimmers und deutet auf die Uniform.

Ich stocke kurz, weil er mir nicht gesagt hat, wo ich mich umziehen kann.

Ob das ein Test ist, um zu prüfen, ob ich aufgepasst habe, wo das Badezimmer ist? Oder, ob ich mich vor ihm schäme?

Will er etwa, dass ich mich vor ihm umziehe?

Plötzlich durchzuckt es meinen Unterleib, meine Schamlippen werden auf ein Mal völlig nass.

Ich möchte mich vor ihm ausziehen.

Was habe ich zu verlieren?

Mehr als mich darauf hinweisen, wo das Bad ist, kann er

ja nicht machen. Wenn er es mag, wird er sicher sitzen bleiben. Und dann hat es bestimmt nur positive Konsequenzen.

Ich drehe mich zu ihm und öffne langsam den Reißverschluss meines schwarzen Etuikleides. Er zieht erstaunt die Augenbrauen hoch, aber sagt nichts. Mein Kleid gleitet langsam über meine nackten Brüste nach unten. Er sagt immer noch nichts. Statt dessen lehnt er sich zurück und lächelt. Ich lächle zurück und lasse es über meine Hüfte nach unten auf den Boden fallen. Ich stehe jetzt nur mit einer schwarzen dünnen Strumpfhose und Pumps vor ihm. Er kann durch meine Strumpfhose erkennen, dass meine Scham vollständig rasiert ist, weil sie keinen Zwickel hat.

»Sie können die Strumpfhose anlassen«, sagt er kurz. »kommen Sie zu mir.«

Hat er das gerade wirklich gesagt?

Mein Herz pocht bis zu meinem Hals.

Will er mich anfassen?

»Möchten Sie mich anfassen, Herr Arnold?«, frage ich mit zittriger Stimme.

Er lächelt und schaut zwischen meine Beine.

»Ja.«

Ich wundere mich noch über meine Frage, da spüre ich schon seine starken Finger an meinen Schamlippen.

»Laura, sie sind völlig erregt. Zeigen Sie sich gern fremden älteren Männern?«

»Ja, es erregt mich wahnsinnig, wenn Männer mich begehren und ich mich Ihnen zeige.«

»Das ist die beste Eigenschaft, um eine großartige Karriere im Hotelfach zu machen. Ich biete Ihnen unter drei Bedingungen den sofortigen Aufstieg in eine höhere Einkommensklasse an einem Ort ihrer Wahl. Sind Sie daran interessiert?«

»Ja, sehr. Welche Bedingungen?«

Ich bin kurz vor einem Orgasmus als er mir seine Finger tiefer durch die Strumpfhose zwischen meine Lippen drückt.

»Erstens sollen Sie gleich morgen im Zimmer des ersten Gastes alles tun, um ihm den Blick unter ihren Rock zu ermöglichen. Natürlich so unauffällig wie möglich. Und – das machen sie dann bei jedem Gast.«

»Okay.«

»Zweitens möchte ich immer bei Ihnen im Zimmer übernachten, wenn ich in Ihr Hotel zur Kontrolle komme. Ich möchte dann von Ihnen umsorgt werden.«

»Okay.«

»Und drittens möchte ich, dass sie mir jetzt meinen Penis blasen bis ich komme. Sie bekommen dann nicht das vereinbarte Gehalt von 325 Euro sonder 3.250 pro Monat. Sind Sie immer noch interessiert?«

Ich bin so geil, dass ich gar nicht mehr klar denken kann. Ich nicke und knie mich zwischen seine Beine. Ich öffne seine Hose und hole seinen feuchten und harten Penis heraus. Der Geruch seines Vorsamens macht mich verrückt. Ich fasse mir mit einer Hand an meine Muschi und mit der anderen Hand führe ich sein steifes Glied zu meinem Mund. Ich berühre gerade seine Eichel mit der Zunge, schon kommt eine Schwall seines Spermas in meinen Mund geschossen. Drei weitere Spritzer prallen an meinen Gaumen, als ich einen wahnsinnigen Orgasmus bekomme. Ich schlucke alles nach und nach, während ich seinen Penis fast ganz in meinen Mund nehme und fest mit der Zunge umschließe. Sein Körper zuckt und es kommen noch ein paar Tropfen heraus. Ich streichele seine Hoden und seine Oberschenkel, während ich weiter an seinem Glied sauge. Ich bin völlig vertieft in das Gefühl des Saugens, als ich merke wie er über meinen Kopf streichelt und sagt: »Laura, Sie können jetzt aufhören. Sie waren wunderbar. Jetzt ziehen Sie sich bitte die Uniform an, um zu sehen, ob sie passt.«

Ich blicke zu ihm hoch und lasse seinen Penis langsam

aus meinem Mund gleiten. Er lächelt mich sehr zufrieden an, fast glückselig. Es hat ihm offenbar sehr gut gefallen. Ich stehe auf und ziehe den Rock, die Bluse und die Schürze über.

»Ich empfehle Ihnen in Mailand anzufangen, haben Sie Lust dazu?«

»Aber ich kann kein Italienisch«, antworte ich schüchtern.

»Das macht nichts. In allen unseren Hotels wird Deutsch gesprochen. Und unsere Gäste sind auch überwiegend deutsch. In Mailand haben wir nur Suiten und es sind viele Geschäftsleute aus der Modebranche da. Das wird Ihnen sicher gut gefallen. Ich finde es sehr gut, dass Sie so unkompliziert sind, was körperliche Nähe angeht. Dann brauche ich Sie nicht darum zu bitten, freundlich zu bleiben, auch wenn ein Gast sie unsittlich berühren will.«

»Passiert das denn öfters?«

»Oh, ja. Es haben schon so viele junge Frauen deswegen die Kündigung bekommen, weil sie einem Gast gegenüber unverständig reagiert haben. Dabei hätten Sie ihr Gehalt leicht verzehnfachen können, wenn sie sich nicht so angestellt hätten. Ich wette, in der Disco reagieren die Frauen nicht so zickig, wenn ihnen an den Po gefasst wird.«

»Nur an den Po gefasst? Oder wollen die Männer auch immer sofort Sex?«

»Nein, Gott behüte! Dann wären wir kein Hotel, sondern ein Bordell. Sie werden sehen: Es traut sich kaum einer sie nach Sex zu fragen. Sie sind schon völlig zufrieden, wenn sie unter ihren Rock gucken können oder sie einmal dort anfassen dürfen. Liebesdienste, wie sie es bei mir gemacht haben, werden fast nie erwartet. Und ganz ehrlich: ich hätte Ihnen das höhere Gehalt auch gegeben, wenn Sie sich geweigert hätten mich zu blasen.« Er grinst verschmitzt.

»Oh, das hätte ich nicht gedacht. Aber ich wollte es auch. Sie müssen wissen, dass ich eine solche erotische Fantasie sehr häufig habe. Und Sie haben sie mir erfüllt. Ich hatte selbst einen wahnsinnig intensiven Orgasmus, als ihr Sperma in meinen Mund spritzte. Ich liebe das.«

»Wow, Sie sind wirklich unglaublich, Laura. Das heißt, Sie würden das mit den Gästen in Mailand auch machen?«

»Ja.«

Er nickt begeistert.

»Ziehen sich die Auszubildenden eigentlich immer vor ihren Augen aus oder gehen sie auf die Toilette dafür?«

»Etwa die Hälfte so, die andere Hälfte so.«

»Oh das sind aber viele.«

»Ja.«

»Und wie vielen machen Sie ein solches Angebot?«

»Nur bei denen, wo ich den Eindruck habe, dass sie es annehmen. Pro Jahrgang sind das meist nicht mehr als zwei.«

»Oh, das heißt, dass Ihnen gleich ein anders Mädchen wieder einen bläst?«

»Ja, das wird so sein und ich freue mich darauf.«

»Sie sind ja ein Nimmersatt. Sie haben dann wohl in jeder Stadt ein Mädchen, dass mit Ihnen garantiert schläft?«

»Ja, mindestens eine.«

»Ich bin beeindruckt. Sie sind ein glücklicher Mann, oder?«

»Oh, ja. Ich könnte vor Glück platzen.«

Wir lachen.

»Die Uniform steht Ihnen sehr gut. Ich empfehle Ihnen bei der Arbeit auf die Slips zu verzichten und auch manchmal Halterlose zu tragen. Sie werden sehen, die Gäste werden es Ihnen überschwänglich danken.«

»Okay, danke für den Tipp.«

»Hier ist Ihr Flugticket, gleich morgen früh geht es los nach Mailand. Sie werden vom Flughafen von einer Kollegin namens Isabelle abgeholt. Ach – und bevor ich es vergesse, alles was wir hier besprochen und erlebt haben, bleibt unser Geheimnis, ja? Auch Ihr Gehalt wird offiziell überwiesen. Das zusätzliche Geld bekommen Sie pro Monat von mir bar auf die Hand. Wir haben nie darüber gesprochen und wenn sie jemand danach fragt: Sie wissen von nichts.«

»Okay«, antworte ich lächelnd, »kein Problem, ich liebe Geheimnisse.«

»Das ist toll, ich muss jetzt die nächste Kandidatin reinholen. Ziehen Sie sich bitte wieder um und nehmen Sie die Uniformen mit. Bis bald, Laura, und viel Spaß in Mailand.«

Er verlässt den Raum. Ich ziehe mich um und kann es nicht fassen, was ich gerade gemacht habe. Ich packe die Sachen und eile nach Hause.

Im Hotel

»Mama«, rufe ich laut durch den Flur unserer Wohnung, als ich zu Hause ankomme.

»Du bist schon wieder hier, Laura? Wie war dein erster Tag?«, fragt mich meine Mutter, fast so aufgeregt, wie ich es bin.

»Ich fliege morgen nach Mailand!«

»Nach Mailand? Wieso denn das?«

»Meine Ausbildung wird in Mailand sein. Zumindest das erste Lehrjahr.«

Meine Mutter schaut mich verdutzt an und scheint sprachlos zu sein. Sie setzt sich in der Küche auf eine Stuhl. »Da muss ich mich erst mal setzen, Schatz«.

»Ist das nicht super?«

Ungläubig über mein Freude, schüttelt sie den Kopf. »Hast Du das schon vorher gewusst?«

»Nein, aber ich finde es total super!«

»Hm, das kommt völlig unerwartet für mich. Ich dachte, du bleibst hier im Ort.«

»Nein, alle Azubis fangen morgen woanders an. Das ist ganz neu da. Und ich darf in das tollste Hotel nach Mailand. Da gibt es nur Suiten und dort verkehren nur Prominente aus der Modebranche. Ist das nicht super?«

»Tja, das hört sich gut an, aber ich weiß gar nicht, wie ich es ohne dich aushalten soll.«

Ich nehme sie in den Arm und antworte tröstend: »Ach , Mama, dann hast du doch endlich mehr Platz für dich und deinen Freund. Und ich störe euch dann nicht immer.«

Sie lächelt, »Na, da hast du Recht: Endlich einmal wird Karl nicht von meiner hübschen Tochter abgelenkt. Ich habe ihn mehrmals dabei erwischt, wie er auf deine Beine gestarrt hat.«

»Siehst du? Alles hat auch seine guten Seiten. Ich fange schon mal an, zu packen, weil es morgen schon los geht.« Ich hole das Flugticket raus und winke damit triumphierend. »Hier ist mein Ticket für morgen früh, acht Uhr.«

In der Nacht kriege ich kaum ein Auge zu. So aufgeregt bin ich. So viel Geld bekomme ich dafür, nur wenn ich die Gäste ein bisschen unter meinen Rock sehen lasse.

Das ist wie ein Traum für mich. Wenn ich mir vorstelle, dass Prostituierte auf der Straße jeden Penner an sich ran lassen müssen und ich für noch mehr Geld nur meinen Rock für Prominente heben soll, erscheint mir das fast wie ein Job im Himmel. Und das Putzen im Zimmer und der Service wird ein Leichtes für mich sein.

Ich wundere mich über mich selbst.

Ich hatte noch nie einem fremden Mann den Penis geleckt. Aber ich hatte schon so oft davon geträumt, dass es mir wie gewohnt erschien. Es ging so leicht. Und die Freude und Anerkennung für mich in seinen Augen war so schön. Ich werde ihn immer wieder gern diesen Gefallen tun. Außerdem hat sein Sperma wirklich angenehm geschmeckt. Während ich daran denke, wie sein Saft in meinen Mund floss, reibe ich mir mit meiner Hand meine Muschi und zerfließe in einem wunderschönen Orgasmus.

Am nächsten Morgen geht alles blitzschnell. Im Flughafen von Mailand erwartet mich Isabelle mit einem großen Schild vom Grand Hotel in ihrer Hand.

»Hallo Laura, ich bin Isabelle, deine Ausbilderin. Willkommen in Mailand. Wir fahren gleich da vorn mit dem Taxi zum Hotel.«

Sie nimmt einen meiner Koffer und ich folge ihr zum Taxi. Sie trägt eine kurzes, dunkelgraues Etuikleid und eine schwarze Strumpfhose. Es sieht aus, als wäre es der gleiche Stoff wie meine Uniformen. Leider sagt sie nicht viel. Dabei hätte ich so viele Fragen an sie.

Die Taxifahrt über sprechen wir kein Wort. Ich denke, das soll so sein. Sie wird ihren Grund haben.

Dann kommen wir am Hintereingang des Hotels an. Wir gehen durch einen engen Gang zu einem kleinen Aufzug an dem »Nur für Personal« steht. Wir fahren auf die dritte Etage. Danach führt mich Isabelle in ein Zimmer.

Als wir drin sind, mustert mich Isabelle von oben nach unten und bricht endlich ihr Schweigen.

»Toll, dass du mitgemacht hast und mich nicht mit tausend Fragen gelöchert hast. Diskretion ist so wichtig in unserem Job. Natürlich neben Glanz und Eleganz!«

Wir lachen.

»Ich will nicht lange drum herum reden: ich weiß von deiner Vereinbarung mit Herrn Arnold. Er sagte mir, dass du fast besser gewesen bist als ich vor fünf Jahren.«

»Oh, du hast auch den tollen Job mit dem vielen Geld?«

»Ja, er ist wirklich Gold wert und du hast ein riesiges Glück, gestern alles richtig gemacht zu haben. Wenn du dich in der Toilette umgezogen hättest, wäre dir alles, was du ab heute erlebst, für immer verborgen geblieben.«

»Oh, das ist so aufregend.«

»Ja, das ist es. Aber einen Nachteil hat das ganze dennoch: Obwohl du richtig viel Geld verdienst, musst du trotzdem die niedrigsten Reinigungsarbeiten machen. Ein Zimmermädchen putzt die Klos und räumt den Müll weg.«

»Das ist völlig Okay! Hauptsache ich habe auch was Spaß!«

»Den wirst du haben. Wenn du nett zu den Gästen bist, werden sie dich mit Geschenken und Nettigkeiten überhäufen. Aber Vorsicht: Wir beide sind die einzigen mit dem

Sondergehalt hier in Mailand. Die anderen bekommen das normale Geld. Es darf also niemand erfahren, dass wir auch für das Vergnügen der Gäste zuständig sind.«

»Okay.«

»So, das ist dein Zimmer, hier ist der Schlüssel. Ich erwarte dich in zehn Minuten unten, umgezogen, im Foyer. Dann zeige ich dir das Hotel und stelle dir die Kolleginnen vor.«

»Welche Strumpfhose soll ich anziehen?«

»Gut, dass du fragst. Die Billige, weil wir im Anschluss mit dem Zimmer machen beginnen.«

»Okay, dann bis gleich.«

Isabelle verlässt das Zimmer und ich suche schnell die Strumpfhose raus. Ziehe mich ganz aus und lasse den Slip unter der Strumpfhose weg – so wie es mir Herr Arnold empfohlen hatte. Während ich das Nylon hoch ziehe, gleiten meine Hände über meine rasierte Scham. Ich bin feucht vor Aufregung.

Zimmer machen

Das Foyer ist kolossal. Überall nur weißer Marmor und goldene Armaturen. Ich bin überwältigt. In den schwarzen Ledersesseln sitzen einige Gäste und lesen Zeitung oder unterhalten sich. Hinter dem Empfang stehen drei bildhübsche Mädchen und kümmern sich um eincheckende Gäste. Die Damen sind sehr elegant gekleidet und die Herren meist in Anzug und Krawatte.

Isabelle stellt mir die Kolleginnen einzeln vor. Zum Glück stehen unsere Vornamen an unseren taillierten Blusen, sonst hätte ich ein großes Problem, mir alle Namen zu merken. Während sie mir von den Feuerschutzbestimmungen berichtet, lasse ich meine Blicke über die männlichen Gäste im Foyer schweifen. Einer mustert mich von oben nach unten. Wie automatisch ziehe ich meine Rock etwas hoch.

Isabelle bemerkt das sofort: »Laura, was machst du da?«

»Oh, da schaut ein Mann zu mir rüber, ich dachte ich ...«

Doch sie lässt mich nicht ausreden. »Den Rock heben, das darfst du nur im Zimmer, wenn du putzt. Dann ist es nicht so auffällig und vor allem – es sieht sonst keiner. Also nicht hier, bitte!«, sagt sie in einem bestimmenden Ton.

Ich schiebe meinen Rock wieder zurecht und murmle ein leises »Okay, sorry« und schaue verschüchtert zu Boden.

»Denke daran: wir sind kein Bordell. Auch wenn du Geld dafür bekommst, sexuelle Übergriffe zu provozieren. Die Gäste wissen das nicht. Sie sind nur so wahnsinnig glücklich darüber, dass sie es geschafft haben, ein Zimmermädchen verführt zu haben. Sie rechnen aber nicht damit, dass es bei allen klappt. Denn sie bekommen ja auch Ablehnung von unseren anderen Kolleginnen. Das macht die Sache so spannend. Und jeder Gast, der hier schon mal einer von uns beiden begegnet ist, wird ein Stammgast. Unsere Suiten sind Monate voraus ausgebucht.«

»Oh, dann ist bestimmt eine Menge zu tun.«

»Ja. Du wirst erst einmal für zwei Suiten eingetragen. Komm mal mit.«

Ich folge ihr in die erste Etage zur Suite mit der Nummer 12. Unterwegs holt Isabelle einen Service Rollwagen aus einem Schiebeschrank auf dem Flur. Auf ihm sind Handtücher, Putzmittel und Toilettenpapier gestapelt.

»Hier hast du einen Generalschlüssel. Er passt auf alle Türen im Hotel. Gib ihn mir nach deiner Schicht zurück und nimm ihn nie mit nach draußen, wenn du ausgehst. Es wird sehr teuer, wenn du ihn verlieren solltest.«

»Ja, das kann ich mir vorstellen.«

»Die 12 ist von Frau Beaumont. Zuerst klopfen, dann »Zimmer Service« sagen und warten. Dann das Gleiche noch mal. Wenn sich keiner meldet, wie jetzt, kannst du hinein gehen.«

Wir betreten die Suite und lassen die Türe auf.

»Den Wagen musst du immer vor der offenen Tür stehen lassen. So weiß der Gast, dass das Zimmermädchen gerade in seinem Zimmer ist.«

Ich nicke.

»Da unsere Suiten alle mehrere Zimmer haben, ist es notwendig, dass du an jeder Türe noch mal klopfst bevor du eintrittst. Manchmal stehen die Gäste auch unter der Dusche und haben das erste Klopfen nicht gehört. Als Erstes schaust du nach den Abfalleimern, dann wird das Bett gemacht, gesaugt und zuletzt das Bad gereinigt. Manchmal wirst du seltsame Dinge finden. Wirf nur etwas weg, wenn es im Abfalleimer ist. Was daneben liegt, legst du bitte auf den Tisch. So ich muss jetzt weg, wenn du fertig bist, schließe die Tür hinter dir und sag mir Bescheid. Ich bin gespannt, wie du dich machst.«

»Na gut, ich mache das schon. Welches Zimmer ist danach dran?«

»Suite 14. Gleich gegenüber.«

»Ich mache dann gleich beide, okay?«

»Ja, klar. Du bist ja richtig voller Elan. Gut so!«

Ich lächle. In Wirklichkeit bin ich so gespannt darauf, in den Sachen der Gäste zu wühlen. Ich kann es kaum erwarten einem Mann zu begegnen und ihm eindeutige Avancen zu machen. Deshalb will ich ganz schnell in die nächste Suite. Frau Beaumont wird sich wohl kaum von mir anmachen lassen.

Isabelle verlässt die Suite und ich bin allein.

Als erstes schaue ich in die Nachtschränke. Nichts drin.

Doch plötzlich entdecke ich etwas Schwarzes unter der Bettdecke. Ich beuge mich über das Bett und greife danach. Ich traue meinen Augen nicht. Ist Frau Beaumont etwa doch ein scharfer Feger? Es ist ein bestimmt 40 Zentimeter langer, fetter schwarzer Dildo. Eine Nachbildung eines echten Schwanzes.

Mir stockt der Atem.

Er ist benutzt. Man kann die Reste von Muschiflüssigkeit klar erkennen. Diese Flecken kenne ich vom Vibrator meiner Mutter, den ich mir auch schon einige Male heimlich ausgeliehen hatte.

Ich fasse es nicht: Die Frau hinterlässt mir, dem Zimmermädchen, einen gebrauchten Dildo. Ob sie erwartet, dass ich ihn sauber mache und wieder unter das Kissen lege?

Ja, das werde ich machen. Ich nehme ihn mit ins Badezimmer und fange an ihn unter fließendem Wasser mit meinen Händen abzuwaschen. Er fühlt sich sehr gut an. Er ist riesig groß. Es erregt mich so sehr, dass ich am liebsten an ihm lecken würde. Ob es auch zu meinen Aufgaben gehören wird, ihn in die Muschi von Frau Beaumont zu stoßen?

Die Vorstellung ist super erotisch. Ich bin neugierig, was sie für eine Frau sie ist. Hat sie einen farbigen Ehemann, der Basketballer ist, den sie so vermisst, oder träumt sie nur immer von Sex mit einem großen Sportler, der ein so großes Glied hat?

Ich wasche ihn sauber und kann mich nicht zurück halten. Ich nehme ihn in den Mund. Er passt kaum in ihn hinein. Wie geil. Meine Strumpfhose trieft vor Erregung. Ich würde ihn gern in mich hineinstoßen und mich an ihm befriedigen.

Aber die Arbeit geht vor.

Ich mache das Bett und lege den sauberen schwarzen Freund unter das Kissen. Danach schaue ich in den Kleiderschrank. Oh, sie ist wohl viel auf Reisen. Sie hat Stewardessen Uniformen im Schrank und eine große Kiste voller neuer, teurer Strumpfhosen und Damenstrümpfe. Strapshalter in allen Farben und Nuancen. Ich bin begeistert.

Ob sie auch hübsch ist?

Eine Frau, die solche Dessous trägt, kann eigentlich nur hübsch sein, denke ich.

Plötzlich höre ich, wie jemand die Tür am Eingang zumacht.

»Hallo, nicht erschrecken, ich bin's Frau Beaumont.« Ich drehe mich um und sehe eine schlanke, etwa 40 Jahre alte, sehr hübsche, blonde Frau vor mir stehen.

»Gefallen Ihnen meine Sachen?«

Ich lege die Damenstrümpfe wieder in die Kiste und antworte verschämt: »Ja, entschuldigen Sie bitte. Ich wollte nur sehen, ob im Schrank alles in Ordnung ist.«

»Das ist schon in Ordnung, Laura. Sie sind das neue Zimmermädchen, stimmt's?«

»Ja, ich habe heute angefangen.«

»Willkommen. Ich bin seit vielen Jahren Stammgast hier.

Immer wenn ich mit unserer Airline-Crew von Mailand starten, wohne ich hier.«

Ihre Blicke wandern von meinen Brüsten, über meine Beine zu meinen Füßen.

»Sie sind ein wunderschönes Mädchen, Laura. Herr Arnold hat wieder mal guten Geschmack bewiesen.«

»Danke. Kennen Sie ihn gut?«

»Ja, das will ich meinen. Wir sind seit über 20 Jahren verheiratet.« Sie lacht.

»Verheiratet?«

»Ja. Ich heiße auch Arnold, aber alle Gäste checken hier unter Pseudonymen ein.«

Was soll ich jetzt tun?

Weiß sie etwa von seiner Methode, die Mädchen auszusuchen?

Dass er Sex hat mit den Angestellten?

»Mein Mann hat erzählt, dass sie sehr zärtlich zu ihm waren.«

Mir rutscht das Herz in die Hose.

Ist das eine Falle?

Ich bringe zunächst keinen Ton heraus.

»Ich weiß nicht, was sie meinen«, lüge ich.

Sie kommt auf mich zu und fasst mir unter den Rock.

»Sie brauchen nicht zu lügen. Ich bin eingeweiht. Mein Mann war noch nicht in ihrer süßen feuchten Höhle, sondern nur ihn ihrem bezaubernden kleinen Mund. Sie haben ihm seinen Penis geleckt und sein Sperma geschluckt.«

Sie drückt ihre Finger durch meine Strumpfhose in meine feuchte Muschi.

»Hast du schon meinen großen schwarzen Dildo gefunden?«

»Ja«, druckse ich verschüchtert.

»Ich würde ihn so gern in dich hineinstoßen. Hattest du schon mal einen Liebhaber mit einem solchen Pferdeschwanz?«

Mein Herz klopft mir bis zum Hals. »Nein, noch nie.«
»Dann wird es Zeit. Ich liebe schwarze große Schwänze. Du wirst sie auch mögen. Wo ist er?«
»Dort unter dem Kissen.«
»Oh, du hast ihn für mich sauber gemacht?«
»Ja, natürlich.«
»Das ist schön. Und hat er dir gefallen? Hat er dich angemacht?«, fragt sie mich während sie ihn unter dem Kissen hervorholt.
»Ja, er ist wirklich geil.«
»Das finde ich auch, er ist so breit und füllt meine Muschi so unglaublich voll aus«, sagt sie, legt sich mit dem Rücken auf das Bett und zieht ihren Rock ganz hoch. Sie trägt schwarze Nylon-Strümpfe an schwarzen Strapsen – ohne Slip. Ihre Muschi glänzt vor Feuchtigkeit und sie ist vollständig rasiert. Ich stehe vor ihr und schaue zu, wie sie ihn genüsslich und langsam fast ganz in sie hineindrückt.
»Hm, ist das nicht ein tolles Rohr?«
Sie schiebt ihn rein und raus.
»Mein Mann hat so was nicht zu bieten. Deshalb nehme ich mir öfter mal einen schwarzen Liebhaber – nicht nur als Dildo. Hier im Hotel in der Garage arbeitet ein ganz süßer, zwei Meter großer Kollege von dir. Er hat einen noch größeren Pimmel als diesen. Ich liebe ihn.«
Der Anblick der masturbierenden Frau erregt mich so sehr, dass ich fast automatisch meine Hand unter meinem Rock an meine Vagina führe und beginne meinen Kitzler zu reiben.
»Ach, Mädchen«, sagt sie, als sie es sieht, wie ich mich streichle, »das musst du doch nicht selbst machen. Komm, zieh den Rock und die Bluse aus, ich will dich streicheln. Leg dich hier zu mir.«
Ich befolge ihre Anweisungen und ziehe mich bis auf die Strumpfhose aus. Dann lege ich mich neben sie auf das Bett.

»Komm, nimm du den Dildo und stoße ihn in mich hinein. Dann kann ich dich Streicheln währenddessen.«

Der schwarze Riesenprügel steckt noch in ihrem engen Loch, als ich ihn mit einer Hand tief rein und raus treibe. Sie beginnt zu stöhnen, während sie mir mit ihren Fingernägeln ein Loch in meine Strumpfhose reißt. Ich sehe wie ihr Saft an den Seiten des Dildos hinunterläuft. Sie ist wahnsinnig erregt. Ihr Hände sind nun beide an meinen Schamlippen. Als sie mit ihrer Zunge an meinen Kitzler kommt, zucke ich zusammen. In dem Moment beginnt sie zu schreien. Ihr Körper wölbt sich auf und ab. Sie bekommt wohl einen Orgasmusschub nach dem anderen. Ich bin auch kurz davor. Ich will jetzt nichts lieber, als auch den riesigen Schwanz in mir zu spüren. Ich ziehe ihn aus ihrem feuchten Loch und reiche ihn ihr hinüber. Sie versteht sofort und steckt das Ding mit einer brutalen Kraft in einem Stoß tief in mich hinein. Ich schreie vor Glück einen Orgasmus heraus, den ich so noch nie erlebt habe. Sie schlägt den Dildo unaufhörlich tief in mich hinein und drückt mit einem Daumen tief in meinen Anus. Erst zwei, dann drei Mal komme ich in Orgasmusreihen. Es kommt mir vor wie eine Unendlichkeit des geilen Wahnsinns. Frauen wissen doch am Besten, wie man Frauen in Ekstase versetzt.

*

Erschöpft liegen wir bestimmt zehn Minuten nebeneinander. Dabei steckt der Schwanz immer noch in mir drin. Plötzlich schrecke ich hoch. »Ich muss doch arbeiten«, sprudelt es aus mir heraus.

Frau Beaumont lacht, »mach dir keine Sorgen, du hast noch genug Zeit für die andere Suite. Du warst toll. Hat dir der lange und dicke Prügel gefallen?«

»Oh, ja. Aber auch das, was Sie mit dem Daumen gemacht haben, war einfach fantastisch.«

»Ja, das ist eine Technik, die ich bestens beherrsche. Wie du gemerkt hast, mag ich Zimmermädchen genauso gern wie mein Mann. Mach dir keine Sorgen, mein Mann und ich leben in einer offenen Beziehung. Wir nehmen uns sexuell alles, was wir wollen. Ich bin schließlich nicht mehr die Jüngste und er hatte noch nie eine großen Schwanz. Aber deswegen müssen wir uns ja nicht trennen. Hier nimm eine Strumpfhose von meinen, ich habe sie dir ja kaputt gemacht.«

»Ah, ich verstehe. Danke.« Ich wechsle die Strumpfhose und ziehe mich wieder an.

*

Das war wesentlich aufregender, als ich mir meinen ersten Einsatz vorgestellt hatte. Ich bin gespannt, was mich in der nächsten Suite erwartet. Ich mache schnell noch das Bad sauber und husche hinüber zu Suite 14.

Ich klopfe. »Zimmer Service«, rufe ich. Durch die geschlossene Tür höre ich eine Männerstimme: »Komm rein, ich stehe unter der Dusche!«

Ich schließe die Tür auf und schaue mich um. Das Zimmer sieht noch ordentlich aus. Der Fernseher läuft. Beim genauen Betrachten sehe ich, dass ein Porno läuft. Eine Frau bläst zwei Männer gleichzeitig die Penisse. Auf dem Bett liegen Taschentücher. Das sieht ganz nach einem ausgehungerten Mann aus. Er wollte sich wohl gerade einen runterholen und ist schnell unter die Dusche geflüchtet, weil ich geklopft habe. Oder hat er mich erwartet?

»Du brauchst das Bett nicht zu machen, nur das Badezimmer!« ruft es aus der Dusche.

Ich klopfe kurz und öffne die Tür zum Badezimmer. Ein etwas korpulenter älterer Mann steht unter der Dusche und reibt seinen Penis vor mir. Ich lächle ihn an und frage: »Was soll ich denn machen?«

»Der Boden ist dreckig, vor allem unter dem Waschbecken. Und das Klo muss gemacht werden.«

Ich nicke und schaue ihm dabei auf seinen erigierten Penis. Dann knie ich mich auf den Boden und beginne, mit ausgestrecktem Po den Boden zu wischen. Mein Rock rutscht dabei so hoch, dass er freie Sicht auf meine völlig transparente Strumpfhose hat. Zwischendurch blicke ich zu ihm hoch und sehe, wie er immer stärker an seinem Steifen reibt.

»Mädchen, du bist klasse«, sagt er noch, bevor er seinen Saft gegen die Duschwand spritzt. Ich wische noch mal durch und mache das Klo sauber, bevor ich die Suite verlassen will.

»Warte, Laura. Dein Trinkgeld«, ruft der Mann mir nach und ergänzt: »Ich bin leider morgen nicht mehr da, aber ich hoffe das reicht für deinen tadellosen Service.« Er gibt mir einen 100 Euro Schein.

»Oh, das ist doch nicht nötig. Aber vielen Dank.«

*

Als ich die Suite verlasse, begegne ich Isabelle auf dem Flur. Sie grinst.

»Na? Wie war's?«

»Unbeschreiblich!«

»Wirklich? Na dann warte erst mal ab, was noch alles auf dich zu kommt. Du wirst dich wundern, was es hier zu erleben gibt!«

»Ich kann es kaum erwarten« antworte ich und stecke schnell den Geldschein unter meinen Rock in den Strumpfhosenbund.

Die Geberin

Geldverdienen

»Ja, Mama, ich weiß, dass Studienjahre keine Herrenjahre sind. Sag das doch nicht immer. Ich suche mir ja einen Job. Das ist halt nicht so einfach.«

»Ach, Marie, das ist doch eine faule Ausrede. Du kannst doch in der Wäscherei von Ilse arbeiten.«

»Mama! Da arbeite ich nicht mehr. Weißt du das nicht mehr? Das mit ihrem Mann, der mir unter den Rock gegriffen hatte?«

»Na, das hat dir doch weniger ausgemacht als mir. Du hattest mir das erst nach zwei Wochen erzählt, als du keine Lust mehr hattest. Du bist dir einfach nur zu schade für den Job da. Gibt's doch zu. Nach dem Einlauf durch seine Frau würde er es sicher nie mehr wagen, dich anzufassen. Das weißt du genau.«

Meine Mutter hat mal wieder recht. Sie kennt mich zu gut. Der alte Sack gab mir Taschengeld für das Anfassen. Bis er zu weit gegangen war. Er hatte seinen Steifen rausgeholt und unter meinen Rock gehalten, direkt an meine Strumpfhose. Dass seine Hände regelmäßig unter meinem Rock waren, weiß bis heute niemand. Auch meine Mutter nicht.

Tja ich habe halt eine etwas verdorbene Ader. Sex war für mich immer schon sehr interessant. Kein Wunder, dass ich mit dreizehn den ersten erwachsenen Liebhaber hatte. Ich schminkte mich damals schon wie eine Erwachsene. Man konnte nicht sehen, dass ich noch so jung war. Alle hielten mich für mindestens achtzehn. Dazu trug auch nie Teenieklamotten, sondern orientierte mich stets an meiner besten Freundin Hanna. Sie ist sechs Jahre älter als ich und wie eine große Schwester für mich. Sie wohnte damals eine Etage unter uns und hatte es auch faustdick hinter den Ohren. Männer waren für sie nur Mittel zum Zweck. Bis sie ihren Traummann begegnete, dem sie leider vor einem Jahr nach München gefolgt ist. Seitdem sehen wir unser noch ganz selten. Aber zum Glück gibt es ja Telefon und Internet. Sie steht mir in Männerfragen immer noch mit Rat und Tat zur Seite.

»Mama, ich hab da was in Aussicht. Wenn ich genauer weiß, ob es klappt, sag ich dir Bescheid, okay?«

Ich habe gar keine Lust mehr mit meiner Mutter darüber zu reden. Wie kann ich sie jetzt bloß abwürgen?

»Was ist es denn für ein Job?«

Oh, Gott, ich muss mir sofort was einfallen lassen, um das Telefonat elegant zu beenden. Ich möchte sie nicht vor den Kopf stoßen. Ah, ich habe eine Idee!

»Oh, die Türklingel. Mama, ich leg auf, bis bald mal.«

Bei solchen dringenden Fällen hat meine Mutter immer Verständnis für einen Gesprächsabbruch.

»Ja, Kind ...« Blupp, aufgelegt. Ich weiß, gemein. Aber ich habe gespürt, dass sie noch was sagen wollte. Ne, ne, ne. Heute nicht mehr. Mütter können wirklich nerven. Vor allem bei den Themen Geld und Männer. Oh, und Ausbildung natürlich.

Ich studiere im zweiten Semester Wirtschaft. Leider tue ich mich nicht besonders leicht damit. Schon allein diese blöde Mathematik macht mich fertig. Und ich dachte, BWL studieren wäre einfach. Medizin war bei meinem Abiturschnitt undenkbar, allerdings soll das auch richtig schwer sein.

Okay, ich gebe zu, ich studiere nur, damit ich nicht arbeiten muss. Das klappt ganz gut. Meine Mutter überweist mir etwas Geld. Aber das reicht wirklich nur für das Überleben.

Ich habe eine kleine Einzimmerwohnung in einem Studentenhochhaus. Abgesehen davon, dass mir schnell die Decke auf den Kopf fällt, bin ich angewiesen darauf, zusätzliches Geld zu verdienen. Aber garantiert nicht mehr bei der Wäscherei der Freundin meiner Mutter.

Wenn meine Mutter wüsste, dass ich zehn Euro in der Stunde mehr bekommen habe, weil ich den Mann der Chefin unter meinen Rock greifen ließ, wäre wahrscheinlich eine Welt für sie zusammengebrochen. Sie hat in ihrer Jugend nur einen Mann gehabt und schnell geheiratet, meinen Vater. Einen echten Langweiler. Es ist nicht schön, so über ihn zu reden, aber er ist immer noch langweilig. Buchhalter, seit einiger Zeit arbeitsloser Buchhalter. Ich glaube, er hatte auch nur eine Frau in seinem Leben. Ich habe wirklich nicht viel mit ihm gemeinsam.

Es spricht Bände über sein Interesse an mir oder meinem Leben, dass er nicht einmal merkte, dass unser Nachbar, er ist in seinem Alter, wie verrückt hinter mir her war. Der hat richtig viel Kohle. Er ist Anwalt im Vorruhestand. Ich hörte immer, wenn er nach Hause kam oder wenn er sein Haus verließ. Das Aufheulen seines Porsches war nicht zu überhören. Er lebte alleine und genauso fühlte er sich wohl auch. Er hing nahezu ständig auf seinem Balkon herum, wenn ich im Garten war. Zuerst hatte ich ihn nur ignoriert, doch dann winkte er mir immer freundlich zu. Es war mir nicht immer möglich, wegzugucken. Also winkte ich zurück. Doch beim Winken blieb es nicht. Wenn ich im kurzen Rock die Wäsche aufhängte oder mein Fahrrad aus dem Schuppen holte, rief er manchmal Komplimente zu mir hinab. »Du siehst ja klasse aus, heute« oder »du könntest sicher eine Karriere als Model machen, mit den Beinen.« Ich antwortete dann nur »ja, klar, Herr Puls, ja klar.« Meist mit einer abfälligen Handbewegung. Freundlich, aber ganz kurz angebunden. Ich wollte einfach keinen Kontakt zu ihm. Sonst wäre er wahrscheinlich noch zu mir in den Garten gekommen oder hätte vielleicht an der Tür geklingelt. Doch dann rief er einmal einen Satz, der mich zum ersten Mal neugierig machte. Ich hing grade die Strumpfhosen von mir und meiner Mutter an einem kleinen Wäscheständer im Garten auf. »Hey, Kleine! Möchtest du dein Taschengeld etwas aufbessern?«

Ich schaute zu ihm hoch und sah, dass er mit einem Geldschein wedelte. Ich musste zweimal hinsehen, um zu erkennen, dass es zwanzig Euro waren.

»Hallo! Klar, Geld kann ich immer brauchen. Was muss ich denn tun?«

»Oh. Ganz einfach. Komm mal zum Gartenzaun und ich sag dir, worum es geht.«

So kam es, dass ich ihm das erste Mal gegenüberstand.

»Also?«

»Wie heißt du eigentlich?«

»Marie.«

»Oh, das ist ein sehr schöner Name.«

»Danke.«

Er lächelte. »Also, Marie, du, ich bin immer sehr direkt, daher frag ich dich ohne große Erklärungen. Ich würde gern eure Strumpfhosen kaufen, aber bevor ihr sie wascht.«

Ich war mir nicht klar, ob ich ihn richtig verstanden hatte.

»Sie möchten unsere Strumpfhosen kaufen, wenn sie dreckig sind?«

»Ja. Ich biete dir 10 Euro pro Strumpfhose.«

»Wieso denn das?«

»Frag nicht. Das Angebot steht.«

Ich schüttelte mit dem Kopf, aber mehr aus Ratlosigkeit, weniger als Ablehnung. Doch er deutete es sofort als Nein.

»Na, denn eben nicht«, er drehte sich beleidigt ab und ging wieder in sein Haus zurück. Ich blieb noch am Zaun stehen und überlegte. Vielleicht kam er ja noch mal zurück. Doch er war wohl eingeschnappt.

Dieses Angebot beschäftigte mich den ganzen Tag. Ich kam aus dem Grübeln nicht mehr heraus. Es wurde höchste Zeit, Hanna anzurufen. Nach etlichen Versuchen hatte ich sie am Abend endlich am Handy erreicht.

»Hi, Hanna«

»Na, Marie, wie läufst?«

»Danke, alles gut, soweit. Außer dem ständigen Geldmangel, du weißt schon.«

»Oh, ja, das ist nicht einfach. »

»Ja, aber ich muss dir dringend was erzählen.«

»Nur zu. Was gibt's?«

»Unser Nachbar hat mir Geld geboten«

»Wie bitte? Wofür?«

»Lach jetzt bitte nicht.«

»Ne, sag schon.«

»Für die Strumpfhosen von meiner Mutter und mir.«

»Wie viel?«

»Für die ungewaschenen Strumpfhosen!«

Ich hatte »Wie bitte« verstanden.

»Klar, aber wie viel hat er geboten?«

Es schien sie gar nicht zu schocken.

»Ach so, 10 Euro pro Stück.«

»Zu wenig, besser du nimmst 20! Und vor allem: 20 Euro plus der Anschaffungskosten.«

Sie kannte sich wohl damit aus.

»Sag, mal, findest du das normal?«

»Wieso normal, was ist, heute schon normal. Und wie viele hast du ihm verkauft?«

»Keine! Ich verkauf dem doch nicht die Strumpfhosen meiner Mutter!«

»Was? Spinnst du? Gib mir seine Telefonnummer, ich verkauf ihm meine! Weißt du, was du für ein Glück hast? Solche Möglichkeiten, so einfach Geld zu verdienen, gibt es echt selten.«

»Aber was macht der denn damit?«

»Na, was wohl? Der riecht dran und holt sich einen runter. Meinst du, der zahlte sonst so eine Mörderkohle dafür? Vielleicht zieht er sie sogar an.«

»Und das würde dir nichts ausmachen?«

»Ne, gar nicht. Da hab ich schon viel unanständigere Sachen gemacht.«

»So, so! Was denn?«

»Na, was wohl, wofür kriegen Mädchen am meisten Geld? Ohne was dafür zutun.«

»Sex?«

»Genau.«

»Und du hast das schon gemacht?«, fragte ich ungläubig.

»Tja, das weiß aber niemand. Da musst du eisern die Klappe halten. Das ist wichtig.«

Statt geschockt zu sein, fragte ich »wie viel?«

Sie musste lachen, denn dieses Mal war sie von meiner Frage überrascht.

»Du meinst für den Sex?«

»Klar.«

»Verschieden, zwischen 100 und 400 Euro.«

»Ne! So viel?«

»Ja, ich mache ja Escort und nicht nur Sex.«

»Escort?«

»Ja, ich begleite Geschäftsleute am Abend und lande erst zum Schluss im Bett mit ihnen. Das bringt mehr, als nur Sex. Und macht auch echt Spaß. Leckerstes Essen und geschenkte Garderobe ist meist auch noch dabei.«

»Klamotten?«

»Ja, meist wollen sie, dass ich ein Kleid trage und Strapse oder Strumpfhosen. Meist sage ich dann, dass ich aber nur Jeans habe.

Dann gehen sie sogar noch vorher mit mir einkaufen. Die Sachen darf ich natürlich behalten.«

»Nicht schlecht. 400 Euro im Monat könnte ich auch gut brauchen.«

»Wieso im Monat, ich verdiene das an einem Abend! Ich hab manchmal fast viertausend im Monat. Bar auf der Hand.«

»Was? So viel. Ist ja der Hammer.«

»Wenn ich jeden Abend einen Auftrag hätte, könnte ich locker zwölftausend Euro verdienen, pro Monat.«

»Das ist ja viel mehr als meine Eltern zusammen verdienen.«

»Klar. Nur fürs lieb sein.«

»Und was sagt dein Freund dazu?«

»Oh, da muss ich dir was beichten.«

»So?«

»Es gibt gar keinen neuen Freund. Er war nur ein Vorwand, um nach München zu ziehen. Ich wollte halt Escort machen. Das kann man hier sehr gut. Hier kennt mich keiner und das ist natürlich von Vorteil.«

»Oh, ich verstehe, das ist aber total überraschend für mich. Darf ich ehrlich zu dir sein? Du weißt doch, dass das Prostitution ist, oder?«

»Hey, na klar. Na und? Das ist das älteste Gewerbe der Welt. Sag mir mal einen Job, wo du mehr verdienen kannst? Ich hab da gar keine Probleme mit. Ich habe diese ewige Doppelmoral so satt. Man wird total dumm angesehen, wenn man das zugibt, aber der eigene Vater oder Freund geht selbst zum Puff im Nachbarort. Nur es redet keiner drüber. Ist das nicht so etwas von Scheiße? Ich hab Spaß dabei und ich mache es freiwillig. Weißt du mit wie vielen Kerlen ich schon im Bett war, ohne Geld dafür zu nehmen?«

Da hatte sie recht. Sie ließ nie etwas anbrennen. Wenn es ein Partyluder bei uns im Ort gab, dann war sie es.

»Okay, ich sehe ein, das war eine dumme Bemerkung von mir. Ich finde gut, dass du machst, was du willst. Und wenn es dir Spaß macht, umso besser. Aber noch mal zurück zu den getragenen Strumpfhosen. Du meinst, ich soll ihm die alle verkaufen, für 20 Euro das Stück?«

»Ja, klar, da ist nichts mit Prostitution, oder so.«

»Natürlich nicht. Aber was sage ich meiner Mutter?«

»Gar nichts. Du wäschst die Strumpfhosen von euch einfach nicht mehr, sondern kaufst von dem Geld mehrere von der gleichen Marke und Farbe. Die steckst du dann halt neu in die Wäsche. Da merkt man keinen Unterschied. Deine Mutter merkt das sicher nicht.«

»Sehr gute Idee. Aber was ist, wenn der Nachbar meiner Mutter das erzählt?«

»Hey, das ist Bedingung eures Handels, wenn er das macht, bekommt er nie mehr welche, ist doch klar. Das macht der bestimmt nicht. Hey, so leicht verdientes Geld. Wenn er will, schicke ich dir auch noch die Getragenen von mir. Ich schenke sie dir sogar. Ich hab genug Geld. Dann brauche ich sie nicht mal mehr zu waschen.«

Manchmal birgt das Leben wirklich ausgefallene Überraschungen. Als ich am nächsten Tag den Nachbar wieder auf dem Balkon sah, winkte ich ihn zu mir in den Garten hinunter. Wir trafen uns am Gartenzaun.

Dort erklärte ich mich bereit, ihm die Strumpfhosen für 20 Euro über dem Anschaffungspreis pro Stück zu verkaufen. Er war begeistert. Das war offenbar kein Problem. Wir sollten aber keinen Slip drunter ziehen. Das konnte ich allerdings nur für mich garantieren. Während wir darüber sprachen, sah ich, wie sich in seiner dünnen Stoffhose sein Penis aufrichtete. Er bemerkte meinen Blick auf seine Hose und genoss es.

»Ja, Kleine, du machst mir eine große Freude damit.« Dabei starrte er auf meine Brüste. Die Begegnung wurde mir dadurch etwas unheimlich, ich gab ihm die ersten beiden Strumpfhosen und kassierte 60 Euro von ihm. Bei der Geldübergabe versuchte er, mich an der Taille anzufassen, aber ich zog mich schnell zurück. Von dem Moment war mir klar, dass er noch viel mehr von mir wollte, als nur

Strumpfhosen. Aber für Anfassen war ich, damals zumindest, noch nicht bereit. Meine Mutter wunderte sich in den nächsten Wochen über meine Bereitschaft, für uns zu waschen. Sie merkte nichts, weder von meinem kleinen Gartengeschäft, noch davon, dass ich sie dazu verleitete, öfter Röcke und eine ganz teure Strumpfhose anzuziehen. Herr Puls gab mir 150 Euro, damit ich die schwarzen Strumpfhosen kaufte, die ganz transparent sind, ohne Verstärkungen an den Zehen oder zwischen den Beinen. Ich kaufte einen Stapel davon und tauschte fleißig Gebrauchte gegen Neue. Meine Mutter dachte, sie würde immer die gleiche, aber gewaschene, anziehen. Ich war selbst überrascht, dass mir Herr Puls jede Woche sechs Paar abkaufte und meine Mutter tatsächlich nichts davon bemerkt hat. Bei jeder Übergabe wurde er allerdings immer anzüglicher. Ich erinnere mich noch sehr gut, dass ich dreimal die Bitte, mich an den Beinen anfassen zu dürfen, ablehnte. Beim vierten Mal konnte ich meinem treuen Kunden diesen Wunsch nicht mehr abschlagen. Obwohl er einen steil aufgerichteten Penis unter seiner lockeren Hose hatte, ließ ich ihn über den Zaun steigen und sich ganz nahe an mich heran stellen. Natürlich verborgen von den zahlreichen Büschen in unserem Garten. Er atmete stark, während er mit seiner Hand unter meinen Rock griff. Die Bedingung für diese Annäherung war, dass er nicht mehr bekam. Damit er dies einhielt, stemmte ich mich mit beiden Händen gegen seine Brust, so dass nur seine rechte Hand an meinen Po reichte und sein steifer Schwanz nicht gegen mich stieß. Es muss ein sehr seltsames Bild abgegeben haben, wir beide zwischen dem Gestrüpp. Es war klar, dass ihm dies irgendwann auch nicht mehr reichte. So entstanden lebhafte Diskussionen zwischen uns, die kein Blatt vor den Mund nahmen. Ich lehnte alles ab, was er mir bot. Sogar 1000 € für eine Nacht mit ihm in Strumpfhose. Ich muss zugeben, ich habe etwas länger darüber nachdenken müssen, bis ich ihm die Absage mitteilte. Aber ich fand, er bekam schon genug für das Geld, das er mir über den Zaun reichte. Doch eines Tages, kam er mit einer ganz anderen Idee.

»Du, ich habe eine Pokerrunde, mit Freunden, jeden Monat. Hast du nicht Lust, uns die Karten zu geben?«

»Wie? Als Dealer?« Ich kannte die Fachbegriffe aus dem Internet und den zahlreichen Shows im Fernsehen.

»Ja, genau. Du mischst und verteilst die Karten.«

»Und was bekomme ich dafür?«

»Das hängt davon ab, was du uns bietest.«

»Ach so, vergessen Sie es.« Klar, er wollte dass ich mich anfassen ließ. Das kam aber gar nicht in Frage.

»Nicht zu voreilig, Marie. Du kannst dir das an dem Abend selbst aussuchen, was du verdienen willst. Ich zwinge dich zu nichts. Allerdings eine Voraussetzung muss du schon erfüllen.«

»Und die wäre?«

»Natürlich musst du freizügig gekleidet sein. Kurzes schwarzes Kleid, kein Unterwäsche außer einer schwarzen Strumpfhose und hohe, offene Riemchensandalen. Dein schönes, blondes Haar solltest du hochstecken.«

»Na, das war ja klar.«

»Und, machst du´s?«

»Was bekomme ich denn dafür, wenn ich nur gebe?«

»50 €. Und wenn der Gewinner deine Strumpfhose danach bekommt, kannst du weitere 40 € dazu verdienen. Ist das nicht toll? Du machst im Grunde noch weniger als du jetzt für mich tust.«

»Weniger?«

»Na, wenn wir dich anfassen dürften oder du für uns freizügig tanzt, bekämst du 200 €.«

»Aha. Wann ist denn die erste Runde? Ist sie bei ihnen zuhause?«

»Nein, im Büro eines Freundes. Immer Mittwochs.«

»Und Sie garantieren, dass sich niemand gegen meinen

Willen an mir vergreift?«

»Natürlich, wir sind alles gut erzogene ältere Herren.« Ich lachte.

»Du kannst jederzeit die Party verlassen, natürlich dann ohne das Honorar. Komm, du ziehst doch jetzt weg, dann fallen die Einnahmen durch die Strumpfhosen deiner Mutter weg.« Er wollte mir Bedenkzeit lassen, doch mir gefiel das Ganze sehr gut. Dem Gewinner die von mir getragene Strumpfhose zu geben, fand ich absolut in Ordnung. Ich sagte ihm zu.

Der Kommentar von Hanna am gleichen Abend am Telefon war: »Du Glückskind, das ist ja absolut super. Lass sie dich doch auch anfassen. So leicht verdientes Geld bekommst du nie wieder. Also ich würde da nen Gang-bang machen. Fünf Männer drücken tausend Euro ab. Das sind fünf tausend Euro! An einem Abend.«

Ich fand diesen Vorschlag etwas zu deftig. Auch wenn mich die Vorstellung daran erregt und ich sehr gut mehr Geld gebrauchen könnte. Meine Lebensumstände sind seit meinem Auszug ja ziemlich beengt. Meine Wohnung misst nur zwölf Quadratmeter. Es passen genau ein Schreibtisch, ein Stuhl, ein Schrank, ein Einzelbett und die Kochnische hinein. Wenn man in der Mitte steht, kann man sich gerade einmal um seine eigene Achse drehen. Wenn ich den Raum nicht mit bunten Farben gestrichen hätte, in Pink und Gelb, könnte man ihn glatt für eine Gefängniszelle halten.

Der Uni-Alltag ist auch öde. Aber ich bevorzuge dann doch lieber das Leben eines normalen Mädchens, nicht das einer Escort-Lady, wie Hanna. Zum Beispiel habe ich einen neuen Bekannten. Er heißt Markus und ist ganz wild auf mich. Er möchte heute Abend für mich kochen. Ich weiß, dass er eigentlich Sex will, und das ist auch gut so. Es ist sicher besser, die morgige Pokerrunde sexuell entspannt anzugehen. Denn das Werben der Männer wird mich sehr erregen. Die erste Pokerrunde darf nicht in einem Gang-bang enden. Also soll mich Markus ruhig mal vernaschen heute Abend.

Markus kocht

Auch wenn das heutige Highlight das Abendessen mit Markus ist, muss ich ständig an die Pokerrunde denken. Die Männer, die mich als ihr Sexobjekt ansehen werden, das Kartenspiel, dass ich noch gar nicht gut beherrsche.

Ich stehe über zwei Stunden vor dem Spiegel und ziehe mir fast jedes Kleid und jede Strumpfhose in Kombination an und aus, um das ideale Outfit für den Abend zu finden. Ich bin mir unsicher, wie sexy ich mich kleiden soll. Ich schwanke hin und her. Eigentlich möchte ich eine Strumpfhose anziehen und darüber eine kurzes Kleid. Aber vielleicht würde ich mich sogar wagen, halterlose Strümpfe anzuziehen. Ich blicke in den Spiegel und ziehe mein Kleid hoch. Ich trage schwarze halterlose Strümpfe und keinen Slip. Ich sehe auf meine glatt rasierte Muschi und werde plötzlich völlig geil. Ich stelle mir vor, dass die Männer mich dort anfassen, sich vor mich knien und mich lecken. Oh Gott, ich muss damit aufhören. Ich lasse den Saum fallen und ziehe mir einen Tangaslip an. Ich bin verwirrt. Bin ich wirklich auf dem Weg, eine freizügige kleine Schlampe zu werden, die sich von alten Säcken abgreifen und sogar ficken lässt?

Mein Herz klopft mir bis zum Hals. Bin ich wirklich so geldgeil oder ist es etwa eine erotische Fantasie von mir? Von fremden Männern begrapscht zu werden? Ein Gangbang? Ich werde mir selbst unheimlich.

Aber gleich kommt erst einmal Markus, um mich zu bekochen. Das wird mich hoffentlich ablenken. Ich brauche nichts zu organisieren. Er hat eingekauft und bringt alles mit. Er darf sich gleich in meiner Kochnische austoben und ich freue mich darauf, auf dem Schlafsofa gegenüber zu liegen und ihn dabei zu beobachten. Ich bin wirklich gespannt, wie er sich dabei anstellt. Er will irgendwas Chinesisches machen. Er bringt sogar seinen Wok mit.

Ich bin sicher, er tut das alles nur, um mich danach zu vernaschen. Dabei hat er mich noch nicht einmal richtig geküsst. Wir waren schon zusammen Badminton spielen und auch einmal im Kino. Er hat eine ziemlich gute Figur. In seinem kurzen Sporthöschen konnte ich schon ein gewisses Paket entdecken. Aber damals hatte ich nicht wirklich darauf geachtet. Er war mir immer zu schüchtern, als dass ich ihn ernsthaft als einen potenziellen Freund erachtet hätte. Aber rein körperlich ist er schon ein Leckerbissen. Über 1,90 groß, sehr schlank, sportlich und auch seine blonde Frisur ist echt frech. Er ist schon ein schicker Typ, aber einfach zu wenig selbstbewusst. Wenn ich nur daran denke, wie hilflos er im Kino war. Dabei trug ich extra für ihn eine sehr kurzes Kleid und eine hautfarbene Strumpfhose ohne Slip darunter. Meine Beine waren zum Greifen nah, aber seine Hand fand nicht den Weg auf mein Knie. Ich muss ehrlich sagen, dass ich sehr enttäuscht war. Nach dem Abend brachte er mich nach Hause, anstatt mit mir noch tanzen zu gehen. Irgendwie der falsche Mann im richtigen Körper. Doch heute versucht er einen neuen Anlauf. Ich bin mir sicher, dass er verliebt in mich ist. Er stottert manchmal in meiner Gegenwart, obwohl er ansonsten immer flüssig redet. Seine Augen strahlen, wenn er mich sieht. Er schaut mir immer nur in die Augen. Nicht einmal hat er in meinen tiefen Ausschnitt gegafft oder auf meine langen Beine. Das alles sind eindeutige Hinweise auf maximale Verknalltheit. Männer, die mich in die Kiste kriegen wollen, glotzen nur auf meine Knie, meine Füße oder mein Dekolleté. Er nie. Und ich bin kurz davor, ihm heute Abend sehr entgegen zu kommen, obwohl er mir zu schüchtern für eine Partnerschaft ist. Das ist eine gewisse Zwickmühle. Irgendwie verhalte ich mich ja dann so, wie die Männer sonst. Ich will ihn nur im Bett haben, um mich an ihm zu befriedigen. Ich will ihn nicht als meinen festen Freund haben. Obwohl ich ihm sicherlich einen großen Traum mit meiner Hingabe erfüllen würde, macht mich der Gedanke an die komplizierten Gespräche am nächsten Morgen schon etwas unruhig. Er wird sicher sofort den ganzen Tag mit mir verbringen wollen, auch den Abend. Aber das möchte ich gar nicht. Ich freue mich sehr auf diesen Pokerabend. Und ich werde mich auch kaum in ihn verlieben. Darf ich ihm das antun? Alles nicht so einfach.

Bei diesen Gedanken ziehe ich mir eine schwarze Leggings und eine weiße Bluse an. Darunter lasse ich erstmal alles weg. Die Bluse ist lang genug, um auf einen Rock zu verzichten. Ich will, dass er heute Abend klar erkennt, dass er die besten Chancen auf ein heiße Nacht hat. Wenn er sich nicht allzu dumm anstellt, darf er sich richtig austoben.

Ich bin wirklich scharf.

Zu scharf, um darauf Rücksicht zu nehmen, ob er am nächsten Tag enttäuscht ist oder nicht. Am besten, wir machen wilden Sex und ich schicke ihn danach einfach nach Hause.

Es klingelt an der Tür.

Als er mich in meinem legeren Outfit erblickt, spüre ich sofort seine Nervosität. Schon das erste Wort stottert er: »Ha-hallo«. Weil er die Hände mit Taschen voll Lebensmittel und Equipment hat, läuft er ohne eine Umarmung an mir vorbei und beginnt sofort ziemlich hektisch mit der Arbeit.

»Kann ich dir helfen?«

»Ne, ne, d-das m-mach ich schon.«

Oh, Gott, irgendwie törnt mich seine Stotterei völlig ab.

Vielleicht wird das doch nichts mit dem wilden Teil unseres Abends.

»Zieh dir doch erst mal deine Jacke aus. Komm, ich nehme sie dir ab.«

Er gibt mir etwas hektisch seine Jacke und begibt sich postwendend wieder an die Kocherei. Er fummelt den Wok aus einer Plastiktüte, stellt ihn auf den Herd und packt dann alle Zutaten auf die Arbeitsplatte. Ich setze mich indes auf das Sofa und lege etwas provozierend die Beine hoch. Meine Bluse rutscht dabei so zur Seite, dass er, wenn er genau hingucken würde, erkennen könnte, dass ich keinen Slip unter der Leggins trage.

Aber es ist nicht daran zu denken. Er kümmert sich nur um das Essen. Ich mache etwas Musik an und beobachte amüsiert sein Treiben. Einen kleinen Vorteil hat das Ganze: er hat einen sehr niedlichen, knackigen Po. Er wetzt hin und her und ich stelle ihn mir nackt vor. Er trägt eine sehr enge Jeans, die erneut ein sehr schönes Paket vorne zwischen den Beinen bereit hält. Ich bin sicher, er hat einen sehr großen Penis. Ich fasse mir hinter seinem Rücken immer wieder mit einer Hand zwischen die Beine und massiere die Klitoris. Ich stelle mir vor, wie es wäre, wenn er tatsächlich nackt vor mir kochen würde. Mein Gott, bin ich erregt. Das Nylon an meiner Muschi ist schon völlig nass. Ob ich ihn darum bitten soll, seine Hose auszuziehen? Nein, das kann ich doch nicht machen. Was soll er von mir denken? Er hält mich doch dann sicher für eine Schlampe. Oder soll ich es doch machen? Es würde mich so richtig heiß machen, seinen Penis vor mir hin und her wackeln zu sehen. Vielleicht würde er ja auch steif dabei, wenn er weiß dass ich ihn beobachte. Da hätte ich auch nichts gegen. Aber sein Rohr würde ihn sicher beim Kochen stören. Nicht, dass er dann aufhört. Schließlich habe ich auch Hunger.

Magen oder Muschi, das ist hier die Frage. Die Reihenfolge ist eigentlich ganz klar: zuerst wird der Magen befriedigt und dann die Muschi. Also frage ich ihn besser nicht. Auch wenn es sehr, sehr reizvoll erscheint. Es wäre zu schön, wenn er endlich einmal länger zu mir gucken würde. Aber er ist ganz vertieft in seine Arbeit.

»Sag mal, Markus, kannst du eigentlich Poker spielen?«

»Nein, ich spiele nicht um Geld.«

Na toll! Er ist ja für gar nichts zu gebrauchen. Kochen kann ich auch selbst.

»Muss ja nicht um Geld sein. Ich meine nur so zum Spaß.«

»Das ist doch nur ein Glücksspiel. Das fordert mich irgendwie nicht. Spielst du es denn?«

»Nein, aber ich würde gern mal.«

Eigentlich müsste ich den Langweiler nach hause schicken, aber soeben wirft er die ersten Hähnchenstücke in den mit heißem Fett gefüllten Wok und meine kleine Wohnung wird mit einem sehr leckeren Essensduft erfüllt. Hm, ich bekomme plötzlich großen Appetit. Offenbar liegen seine Qualitäten beim Kochen. Am Schneiden der Gemüsezutaten erkenne ich, dass er das öfter macht. Wenn er doch so schnell und gewandt auch in anderen Bereichen des Lebens wäre wie mit dem Küchenmesser. Tack, tack, tack, tack, tack, wie ein Profi zerstückelt er die Möhren. Ich bin beeindruckt.

»Das kannst du aber gut!«

»Danke. Weißt du, ich gucke gerne Kochshows im Fernsehen. Da habe ich mir einiges abgeguckt.«

Respekt, nur vom Zusehen, nicht schlecht, denke ich. Lernfähig ist er offenbar.

Am liebsten würde ich ihn fragen, ob er auch hin und wieder Pornos guckt. Da könnte er sich ja auch etwas abgeguckt haben.

Aber ich traue mich mal wieder nicht, so in die Offensive zu gehen. Der Duft wird immer asiatischer und vermischt sich mit dem Geruch des fast fertig gekochten Reis.

Ich bin sehr schlank und habe heute kaum etwas gegessen. Mein Magen knurrt schon. Ich wollte gerade fragen, ob ich den Tisch decken soll, da greift er mir vor: »Du, es ist gleich fertig, ich decke jetzt schnell den Tisch. Du kannst ruhig liegen bleiben. Du darfst dafür abwaschen.«

Oh, mein Gott! Weiß er nicht, dass das völlig abtörnt? Jetzt weiß ich schon, dass ich nach dem Essen seinen ganzen Dreck weg machen soll.

»Oh, schade, dass du das nicht auch machst. Ich kann dich ja stattdessen danach etwas massieren?«

»Massieren?«

»Ja, den Rücken zum Beispiel.«

»Ich weiß nicht, danke, aber das brauche ich nicht. Ich bin fit, weißt du. Das Kochen ist ein Kinderspiel für mich. Nur Abwaschen, das hasse ich. Wir haben eine Spülmaschine zu hause und ich kann dass gar nicht.«

Langsam verzweifle ich. Gibt es denn eine klarere Ansage als »ich will dich massieren«? Dabei trage ich eine schwarze Leggins unter einer etwas durchsichtigen Bluse, ohne BH darunter, und er begreift immer noch nicht, dass er mich nach dem Essen haben kann?

Will er mich wirklich noch spülen lassen vorher?

Ich antworte erstmal nicht, sondern wechsle das Thema: »Lass uns erstmal essen, wir gucken mal, was danach passiert, okay?« Zum Glück lässt er sich darauf ein und nickt.

Beim Essen sitzen wir uns schweigend gegenüber. Es schmeckt sehr gut.

»Markus, Respekt. Das schmeckt ausgezeichnet. Ich finde du hast es verdient, dass ich abspüle.«

»Danke. Das ist echt n-nett. Ich kann das gar nicht.«

Er beginnt, wieder zu stottern. Ein klares Zeichen, dass er wieder an die Situation mit mir denkt. Offenbar hat er panische Angst davor, mit mir intim zu werden. Wie viele Angebote muss ich ihm denn noch machen? Muss ich mich wirklich einfach vor ihm ausziehen? Es überfällt mich eine Idee. Ich werde mir jetzt einen Fleck auf die Bluse machen und mich dann vor seinen Augen umziehen. Ich trage nichts unter der Bluse und ich werde nicht darauf achten, ob er meine Brüste sehen kann oder nicht. Und ich werde ein kurzes Top anziehen, das kaum über meinen Po reicht. Er soll mir beim Abwasch die ganze Zeit auf meinen kleinen, knackigen Nylonhintern glotzen, damit er so scharf auf mich wird und seine ganze Schüchternheit ablegt. Denn so kann das nicht weitergehen.

Ich bin erregt.

Das Essen war sehr gut und jetzt habe ich noch die anderen Gelüste. Ich will seine kräftigen Oberschenkel und seinen harten Schwanz hochstehen sehen.

Ups! Da ist es passiert.

»So ein Mist, ich hab gekleckert!«

Ich springe vom Stuhl auf, greife die Serviette und beginne, heftig an meinen Brüsten rumzureiben.

Er reißt die Augen auf, bleibt aber stumm.

»Ich muss mich umziehen. Entschuldige. Die Bluse muss direkt in die Wäsche.«

»Ja, klar, kein Problem. Soll ich raus gehen?«

»Warum?«

»Naja, weil du dich umziehen willst.«

»Ach Quatsch, du hast doch bestimmt schon mal eine nackte Brust gesehen, oder?«

Er schaut verlegen zu Boden: «Klar...«

Er wird völlig rot im Gesicht. Ist er etwa noch Jungfrau? Mit 20? Oh, mein Gott.

Ich knüpfe die Bluse auf, wende mich aber mit dem Rücken zu ihm. Ich drehe mich etwas zur Seite, um die Bluse in den Wäschekorb zu werfen und suche kurz Blickkontakt zu Markus. Oh je, er schaut nicht einmal in meine Richtung. Ich könnte mir einen Dildo in die Muschi stecken, er würde nichts davon mitbekommen. Ich suche ein kurzes weißes T-Shirt heraus und ziehe es über. Es ist extra eng und meine aufrechten Nippel sind deutlich unter ihm zu erkennen. Das Shirt reicht nur bis zu meiner Gürtellinie.

Mein Po ist ganz frei und der dunkle Fleck zwischen meinen Beinen müsste klar zu sehen sein. Wenn er jetzt keinen Steifen unter der Hose bekommt, während ich spüle, schmeiße ich ihn raus.

»So, jetzt bin ich dran. Markus, mach es dir jetzt auf dem Sofa bequem und beobachte mich, so wie ich dich beim Kochen beobachtet habe.«

Er lächelt, nickt und tut, was ich sage. Mir scheint, er hat Spaß daran, mir nicht zu sagen, dass mein Oberteil viel zu kurz ist. Er ist schon ein komischer Typ. Ich beginne, die Teller abzuräumen und spüre den Blick auf meinem Po. Ich strecke meinen Po immer wieder raus, ihm entgegen, damit er genau sehen kann, was zwischen meinen Beinen los ist.

Ich bin wahnsinnig erregt.

Ich glaube, der Fleck zwischen meinen Beinen muss schon so groß sein wie der ganze Zwickel.

Ich mache es noch heißer für ihn. Beim Waschen der Teller spritzt mir Wasser auf das weiße T-Shirt. Meine Brustwarzen sind hart wie Eisen. Manchmal drehe ich mich um und lächle ihn an. Sein Blick ist klar auf meinen Po fixiert. Wenn ich Augenkontakt suche, schaut er zu Boden. Ich schaue dann auf seine Hose und sehe tatsächlich ein steigendes Rohr.

»Du, sei mir nicht böse, aber ich glaube ich muss jetzt gehen«, sagt er völlig überraschend für mich.

»Nein! Wieso das denn?«, frage ich entrüstet.

»Ich weiß nicht. Mir ist nicht so gut.«

Jetzt reicht es mir. Ich werde ihn jetzt verführen.

»Nein, du bleibst hier! Merkst du nicht, wie scharf ich auf dich bin?«

Ich setze mich neben ihn und fasse ihn an den Schritt. Sein Penis ist steif und sein Herz rast. Ich schaue ihm in die Augen. Es ist fast, als würde er einen Herzinfarkt bekommen. Ich frage gar nicht und öffne ihm einfach die Hose. Er tut nichts, er fasst mich noch nicht einmal an. Das habe ich auch noch nie erlebt. Ich öffne den großen Schlitz und fummle den ziemlich großen Schwanz heraus.

Mir ist alles egal.

Ich beuge mich hinunter und nehme ihn in den Mund. Ich lecke seine Eichel und lasse seinen Penis immer tief in meinem Rachen eindringen. Ich bin so geil auf ihn. Er hat einen schönen prallen Schwanz. Doch dann passiert, womit ich nicht gerechnet habe.

»Oh, nein, nein, nein!« ruft er plötzlich und drückt mich von ihm zurück. Dann spritzt sein Sperma in mein Gesicht und über das Sofa bis zum Teppich. Es reichte, eine Minute zu lecken, um ihn zum Orgasmus zu bringen.

»Oh, nein, das ist mir so peinlich!« murmelt er, während er aufsteht und die Hose schließt.

»Hey, ist doch nicht schlimm! Die Flecken gehen wieder weg, Markus.«

»Ne, ne, das alles geht mir zu schnell, ich geh jetzt besser. Das fand ich jetzt nicht so toll von dir, echt nicht.«

»Wie bitte? Du spinnst wohl!« Ich bin echt beleidigt. Ich blase ihn zum Höhepunkt und er findet das nicht so toll?

Endlich rückt er mit der Wahrheit raus: »Okay, du kannst das nicht wissen, aber ich bin schwul. Ich dachte wir wären nur gute Freunde, weißt du?«

Ich bin platt. Da habe ich doch glatt einen schwulen Jungen zum Höhepunkt gebracht. Ich muss lachen.

»Ja, ja. Jetzt lachst du auch noch. Ich hätte nie daran gedacht, dass du Sex mit mir haben willst. Wir wollten doch nur kochen.«

»Aha, also du bist gar keine Jungfrau, du treibst es mit Männern?«

»Ja, aber nur heimlich. In Clubs und so. Es darf niemand wissen, dass ich schwul bin.«

»Oh, verstehe. Und wir beide sind nur gute Freundinnen?«

»Ja, ich dachte wir unterhalten uns über Strumpfhosen

und Mode. Da stehe ich nämlich drauf. Allerdings ziehe ich die selbst sehr gerne an.«

Ich bin sprachlos und schaue ihn mit großen Augen an. »Strumpfhosen?«

»Ja, Strumpfhosen. Viele schwule Männer tragen welche.«

»Aha, ich habe mir den Abend ganz anders vorgestellt, weißt du?«

Jetzt lacht er. »Ja, das habe ich gemerkt. Du magst keine Schwulen?«

»Du, natürlich mag ich dich, aber ich dachte du wärst scharf auf mich. Ich bin etwas enttäuscht.«

»Aber du hast doch gesehen wie steif mein Penis war und ich habe gespritzt. Das war für mich ganz komisch. Ich hab noch nie mit einer Frau geschlafen. Du bist echt eine heiße Frau. Aber ich wollte das eigentlich gar nicht.«

Irgendwie bin ich völlig abgetörnt von diesem Gespräch. Ich helfe ihm, seine Sachen zu packen, bedanke mich für das Essen und schicke ihn nach hause.

Als die Tür sich hinter ihm schließt, fühle ich mich total erleichtert. Was für ein Abend. Von wegen, ich lasse mich ordentlich durchficken, damit ich morgen bei den Pokerleuten nicht zu willig bin. Ich bin unbefriedigter als je zuvor. Wenn der Pokerabend heute wäre, ich würde alle an mich ran lassen. Es bleibt nur eine Lösung, ich nehme meinen Vibrator und mache es mir selbst. Er liegt direkt neben meinem Bett in einer Schublade. Ich greife ihn, drehe an seinem Schaft, lasse ihn vibrieren und halte ihn an meinen feuchten Zwickel. Nach wenigen Minuten schütteln sich meine Bauchmuskeln zu einem intensiven Orgasmus. Die Gedanken, die ich mir dabei mache, beunruhigen mich allerdings etwas, denn ich stelle mir vor, von allen Pokerspielern an den Beinen gestreichelt zu werden. Sie haben ihre Hosen offen und ihre Lanzen weit herausstehen. Dann spritzen sie mich voll. Ich weiß gar nicht, was ich davon halten soll.

Der Pokerabend

Nun ist es also soweit: Ich mache mich mit der S-Bahn auf den Weg zum Büro in der Vorstadt, in dem die intime Pokerrunde stattfinden wird. Ich trage einen langen Mantel über dem sehr kurzen schwarzen Kleid. Unter dem Kleid ist nicht mehr als eine dünne schwarze Strumpfhose der Lieblingsmarke von Herrn Puls, die ohne Zwickel zwischen den Beinen. Der Gewinner des Abends, darf sie ruhig für 40 Euro haben. Zur Sicherheit habe ich sogar weitere fünf Strumpfhosen in meiner ziemlich großen Handtasche. Wer weiß, vielleicht will ja jeder eine Getragene haben. Dann muss ich mich halt öfter umziehen am Abend.

In der Bahn sitzen mir zwei Männer gegenüber. Sie starren mir die ganze Zeit auf mein Knie, dass zwischen dem Mantel herausragt. Ich genieße es. Schwarze Strumpfhosen an schlanken Beinen junger Blondinen, sind offenbar eine Attraktion. Füße allerdings auch, vor allem, wenn sie in hohen Riemchensandalen stecken.

Zum Glück sind die beiden Kerle nicht aufdringlich.

Die Fahrt dauert ziemlich lange. Zurück nehme ich auf jeden Fall ein Taxi.

Der Weg von der Station zum Bürogebäude ist nur kurz. Es ist jetzt kurz vor 19.00 Uhr. Ich bin mit Herrn Puls und dem Büroinhaber vor dem Beginn des Abends verabredet, um alle Details zu besprechen.

Das Gebäude ist viel größer, als ich vermutet hatte. Ich fahre mit dem Aufzug in die dritte Etage. Dort erwartet mich schon Herr Puls.

»Na, wunderbar, da bist du ja!« Er bittet mich schnell hinein und führt mich in einen Konferenzraum.

»So, Marie, das ist Egon. Wir verzichten hier auf Nachnamen. Wir dürfen dich doch duzen, oder?«

»Natürlich. Ich bin Marie. Hallo Egon.«

Ich reiche ihm die Hand. Egon ist ein sehr gut gekleideter Mittvierziger, also viel jünger, als ich erwartet hatte. Er sieht sogar ziemlich gut aus. Ich bin überrascht. Er ist offenbar auch erfreut, mich zu sehen, weil ich ein gewisses Glänzen in seinen Augen erkenne, dass ich sonst nur von heißen Verehrern kenne.

»Hallo, Marie, du siehst bezaubernd aus. Da hat mir Karl nicht zu viel versprochen.« Er nimmt mir den Mantel ab.

»Und, Herr Puls, bin ich korrekt gekleidet für den Abend?« Ich hebe kokett den Rocksaum etwas hoch.

»Unglaublich, Marie, du bist wunderschön und die Strumpfhose an deinen schlanken Beinen ist ein Wahnsinn. Egon, das ist der Hauptgewinn heute Abend. Die getragene Strumpfhose von Marie. Und ich bin sicher, sie trägt keinen Slip drunter, oder Marie?«

»Nein, Sie hatten mich doch darum gebeten.«

Egon bleibt förmlich der Mund offen stehen. Wahrscheinlich denkt er, ich würde den Rock jetzt ganz heben, um es zu beweisen. Doch den Gefallen tue ich ihm nicht.

»So, ich sehe schon den Tisch dort mit den Pokerchips. Wo soll ich denn sitzen?«

»Hier in der Mitte der langen Seite. Du siehst ja, es ist ein Glastisch. Wir sitzen dir alle gegenüber, damit wir dich gut sehen können.«

»Oh, ich verstehe. Wollen Sie mir etwa unter den Rock schauen?«

»Absolut, Marie. Du weißt ja, wir sind scharf auf dich. Du kannst dir selbst aussuchen, wie viel du heute Abend verdienen willst.« Er versucht, seinen Arm um mich zu legen, doch ich drücke ihn weg. »Nicht so schnell, Herr Puls,

Sie wissen: ich kann auch jeden Moment die Party verlassen, wenn Sie zu anzüglich werden.« Er lässt schnell von mir ab: »Natürlich, Marie, wie abgemacht. Du sollst nur die Karten geben und wenn du willst, bekommen wir die Strumpfhose, die du jetzt trägst. Dabei bleibt es doch, oder?«

»Ja, klar. Das ist in Ordnung. Ich habe sogar noch weitere Exemplare dabei, die ich noch anziehen könnte.«

Egon mischt sich ein: »Super. Ich möchte gerne eine haben. Kannst du sie für mich reservieren?«

»Ja, okay. Ich werde mich dann in einer Pause mal umziehen. Kostet aber 100 Euro.«

»100 Euro?«

»Ja, das ist der Pokertarif!«

Das ist mir grade so eingefallen, ich hoffe, er hat nichts dagegen.

»Oh, verstehe, selbstverständlich. Kein Problem.«

»So, hier ist noch die Mischmaschine. Ich zeige dir, wie sie geht.«

»Oh, klasse, das wusste ich ja gar nicht. Das macht mir den Abend noch angenehmer. Mischen ist nämlich nicht so mein Ding.«

Egon grinst.

Während Egon mir die Maschine erklärt, kommen nach und nach die anderen drei Gäste in den Raum: Rolf, Frank und Michael. Sie begrüßen mich nacheinander. Auch sie sind in Anzügen gekleidet und machen einen sehr reichen Eindruck. Frank legt sogar seinen Autoschlüssel auf den Tisch. Es ist ein Ferrari Logo auf ihm. Ich muss zugeben, bei dem Anblick der Marke schlägt mein Herz lauter. Wo bin ich hier bloß hin geraten? Die Jungs sind wohl steinreich und dazu auch noch gut aussehend. Ich schätze sie zwischen 40 und 50, nur Herr Puls ist über 60. Natürlich könnte jeder von ihnen mein Vater sein, aber 20 Jahre älter ist sogar als Partner für mich denkbar. Aber wahrscheinlich sind alle verheiratet und haben Kinder.

Mein verträumter Blick auf den Schlüssel ist Frank wohl aufgefallen: »Wenn du willst, fahre ich dich mit meinem kleinen Auto heute Nacht nach Hause.«

Ich lächle verlegen.

»Ne, ne!, ruft Michael hinein, »sie ist für alle da. Kommt gar nicht in Frage.«

»Nein, ich bringe sie nach Hause«, wirft Rolf ein.

»Nix, da, ich mache das! Marie, du stehst doch auf eine Ferrarifahrt, oder nicht? Nur ich habe einen, alle anderen fahren irgendwelche komischen Fabrikate. Mercedes, BMW und du Michi, du hast doch so ein seltsames skandinavisches Fabrikat.«

Herr Puls schlichtet. »Ruhe, Jungs. Sie entscheidet, wie sie nach Hause fährt. Ich denke, sie nimmt besser ein Taxi, dann kommt niemand auf falsche Gedanken. Bitte vergesst nicht: Sie ist unsere Geberin und keine Amüsierdame.«

Ich halte mich erst einmal zurück. Herr Puls hat die Runde gut im Griff, denn auf einmal sind alle friedlich. Die Herren holen sich Getränke und wir beginnen mit dem Spiel. Während die ersten Runden laufen, beobachte ich die Männer. Sie sind plötzlich ganz bei der Sache und konzentrieren sich nur noch auf ihr Spiel. Natürlich wandern ihre Blicke ständig in mein Dekolleté und durch den Glastisch auf meine Strumpfbeine. Aber mehr passiert zunächst nicht. Doch nach etwa einer Stunde, ändert sich die Situation.

Egon hielt sich bisher sehr zurück, doch dann sagt er aus heiterem Himmel: »Marie, ich biete dir 200 Euro, wenn ich dich nach Hause fahren darf.«

Alle außer Herr Puls beginnen sofort mit dem Überbieten.

»Ich biete 300!«
»400!«
»500!«
»600!«

Den höchsten Betrag bietet mir Rolf. 600 Euro, nur, um

nach Hause gebracht zu werden? Ich fasse es nicht.

Ich frage nach: »Finden Sie nicht, dass Sie übertreiben? Ich schlafe nicht mit Ihnen, das ist doch wohl klar, oder?«

Alle nicken.

Ich schüttle den Kopf. »Nein, meine Herren, das werde ich nicht machen. Aber wenn Sie wollen, darf mich der Gewinner nach Hause fahren, ohne Bezahlung.«

Plötzlich muss ich an Hanna denken. Sie würde mich für geistesschwach halten, so etwas abzuschlagen.

»Gut verdientes Geld ohne Prostitution! Das darf man nicht abschlagen«, so klingen ihre Worte noch in meinen Ohren.

Oh, Mann, was soll ich bloß tun? Und was wäre, wenn ich tatsächlich mit einem intim würde? Was ist denn so schlimm daran? Ich könnte mir das mit allen, außer Herrn Puls, vorstellen. Der Gedanke daran macht mich so heiß. Ich spüre, wie mein Schritt ganz feucht wird. Ich spreize leicht meine Beine und bemerke sofort den Blick von Egon auf meinen Schritt. Ich schließe meine Knie schnell und lächle verlegen.

»Das ist ein sehr schöner Vorschlag, Marie! Der Gewinner fährt sie nach Hause. Und bekommt die Strumpfhose, die sie jetzt trägt!« Herr Puls schaut mich fragend an.

»Ja, meine Herren, so ist das. Aber machen Sie sich bitte kein Hoffnungen, dass da mehr läuft, wenn Sie mich nach Hause bringen. Ich bin ein anständiges Mädchen.«

Die Männer nicken. Aber ich habe das Gefühl, dass sie immer geiler auf mich werden und mich gar nicht so richtig ernst nehmen. Es ist noch keine Stunde vergangen und ich bin schon jetzt klitschnass zwischen den Beinen. Mit jeder Karte die ich austeile rutscht mein Kleid höher und meine Nylonmuschi unter dem Glastisch ist immer besser zu sehen. Ich fühle, dass die Herren es auch bemerken. Ich tue allerdings so, als würde mir das nicht auffallen, dass mein Kleidsaum immer höher rutscht. Mich erregt es immer mehr, dieses Verwirrspiel zwischen anständigem Mädchen und Bereitwilligkeit alles zu zeigen. Schließlich können die Männer auf meine feuchte Spalte sehen, genau erkennen, dass ich vollständig rasiert bin. Den großen hellen Fleck auf der Strumpfhose kann man sicher gut erkennen. Ich bin so erregt. Langsam wünsche ich mir sogar, dass mich jemand einfach anfasst. Dann werde ich plötzlich mutig.

»Meine Herren, ich werde Ihnen jetzt doch einen Gefallen tuen.« Alle sind auf einmal leise.

»Ich ziehe jetzt meine Strumpfhose vor Ihren Augen aus, um eine neue anzuziehen. Egon hat sie nämlich für 100,- EUR bei mir bestellt.

Egon reagiert sofort: »Jawoll, das finde ich super. Wir dürfen dabei zusehen?«

»Ja. Haben Sie das Geld für mich, dann werde ich es hier vor Ihren Augen direkt am Tisch machen.«

Er nimmt schnell einen Hunderter aus seiner Tasche und gibt ihn mir.

Ich stecke ihn in meinen Ausschnitt, genau wissend, wie sehr ich die Stimmung damit anheize.

»Oh, Marie, Sie machen uns verrückt. Wissen Sie das?«, gibt Herr Puls zu bedenken.

»Hm, wollen Sie nicht, dass ich mich vor Ihnen umziehe? Ich kann auch auf die Toilette gehen.«

»Nein! Bloß nicht!«, sprudelt es aus Michael heraus. Er wedelt mit einem Hunderter. »Ich kaufe die Strumpfhose, die du jetzt anziehst.«

»Okay, ist gebongt. Wer will noch eine?« Alle verbleibenden drei Herren reichen mir auf einmal die entsprechenden Scheine hinüber. Ich sammle sie ein und lache. »Ich muss sagen, Sie sind eine heiße Runde. Ich werde mir jetzt das Kleid ausziehen und die Strumpfhose wechseln. Aber Sie müssen auf Ihren Stühlen sitzen bleiben. Anfassen verboten!«

Ich hole eine Strumpfhose aus meiner Tasche und gebe sie

Michael, damit er sie aus der Verpackung nimmt. Während er das tut, ziehe ich ganz langsam die Träger meines Kleides über die Schultern und lasse es vorsichtig über meine nackten Brüste und meine Hüfte zu Boden gleiten.

Ich weiß nicht, was mit mir los ist. Ich stehe jetzt, nur mit einer völlig durchsichtigen Strumpfhose bekleidet, vor fünf Männern und meine Muschi tropft vor Verlangen. Dann ziehe ich die Strumpfhose genüsslich über meine Hüfte, Oberschenkel und Füße. Die Herren atmen lauter und sind sprachlos.

»Wunderbar. Marie. Können sie nicht das Kleid weglassen, für den Rest des Abends? Es ist doch gut geheizt hier.«

Ich sage nicht »nein« sondern: »Würde Sie das nicht zu sehr vom Spiel ablenken?«

»Oh, das bestimmt, aber bitte setz dich trotzdem nur in der Strumpfhose zu uns, bitte«, bettelt Egon. Ich blicke auf seine Hose und erkenne, dass sein Penis weit aufgerichtet ist.

Ich bin so erregt, dass meine Brustwarzen steif und hart nach oben stehen. Mein Herz rast. Ich schaue in die erwartungsvollen Augen der fünf Männer. Sie sind alle aufgestanden und ich kann auf ihre Hosen blicken. Alle fünf haben eine dicke Beule. Das erregt mich noch mehr. Ich muss mich dringend zusammenreißen, sonst endet das noch in einer Orgie hier. Ich sehe mich schon mit dem Rücken auf dem Tisch liegen, mit aufgerissener Strumpfhose, all Männer fassen mich von allen Seiten an und wechseln sich ab, mir mit ihren großen und harten Gliedern in meine nasse Muschi zu stoßen. Mein Mund wird ganz trocken.

»Bekomme ich denn dann auch Champagner?«

Mein Auftraggeber reagiert natürlich am schnellsten: »Liebe Marie, wir bringen dir alles, was du willst.« Er springt auf, geht in ein Nebenzimmer und kommt mit drei Flaschen Champagner zurück. Ich ziehe mir die neue

Strumpfhose an, während er eine Flasche öffnet und die anderen in eine große mit Eiswasser gefüllte Silberschale legt. Dann gebe ich Egon die getragene Feinstrumpfhose. »Danke«, er nimmt sie wie einen Schatz auf zwei ausgebreiteten Händen entgegen, »Bekomme ich kein Küsschen?«

Ich überlege kurz und gebe ihm Küsschen auf beide Wangen. Dabei fasst er mit einer Hand an meine Taille. Hm. Das hätte ich nicht tun sollen. Körperkontakt macht mich noch heißer. Ich lächle ihn an und kann mir immer mehr vorstellen, dass ich mit ihm auch schlafen könnte heute Nacht. Die anderen Männer sehen mir diese Zuneigung offenbar an. Rolf beschwert sich: »Egon, lass die Finger von Marie! Das war nicht abgemacht. Anfassen verboten!« Die ganze Runde lacht. Wir prosten uns mit gefüllten Champagnergläsern zu. Der erste Schluck prickelt sehr erfrischend in meinem Mund. Nur Egon nippt nicht an seinem Glas sondern führt die getragene Strumpfhose an seine Nase und atmet tief ein. Er schließt die Augen. Danach blickt er mich so lüstern an, dass es mich erschaudert. Ich muss zu Boden gucken. Es war fast so intensiv, als wäre er schon mit seinem steifen Schwanz in mich eingedrungen.

Mittlerweile bilde ich mir ein, dass der ganze Raum nur noch von meinem erregten Muschiduft erfüllt ist. Die Herren können sich trotzdem weiter auf die Karten konzentrieren. Das wundert mich sehr. Selbst Egon ist ganz bei der Sache. Vielleicht liegt es daran, dass tatsächlich alle darum kämpfen, mich nach Hause bringen zu dürfen. Im Moment wünschte ich mir, es wäre Egon. Obwohl eine Fahrt im Franks Sportwagen wäre sicher auch interessant. Er lächelt mich nach jedem seiner gewonnen Spiele ziemlich siegessicher an. Ich stelle mir vor, wie er bei der Fahrt zu mir nach Hause, seine Hand auf meinen Oberschenkel legen würde, um sie Minute zu Minute tiefer unter meinem Kleid verschwinden zu lassen. Ich bin sicher, ich würde sie nicht wegdrücken. Wenn seine Finger sich dann durch das Nylon in meine Muschi graben würden, könnte ich auch nicht mehr widerstehen, ihn an seiner Hose anzufassen, dort, wo die dicke Beule ist.

Ich beginne, zu schwitzen. Hat Herr Puls etwa die Heizung auf Maximum gestellt? Auch die Herren haben längst keine Sakkos mehr an, sondern sitzen mit hochgekrempelten Ärmeln am Tisch. Jetzt wird mir erst richtig bewusst, dass ich ohne Kleid am Tisch sitze und ich oben ohne die Karten verteile. Oh je, ob ich wirklich das Richtige mache? Irgendwie werde ich mehr von den Hormonen geleitet als von meinem Verstand. Den Pokerspielern scheint das sehr gut zu gefallen. Daher frage ich mich, ob ich noch öfter Geberin sein möchte – und ob es sinnvoll ist, überhaupt jemanden ganz nah an mich ran zu lassen. Vielleicht würde das alles nur zerstören. Oder wenn ich jetzt jedem der Herren die Hose öffnen würde, um sie nacheinander mit dem Mund zu befriedigen, würde es dann beim nächsten Mal überhaupt noch zum Pokern kommen, oder wäre ich dann nur eine Hure, die für einen Gang-bang gebucht wird? Die Vorstellung, dass zehn Hände mich massieren und abgreifen würden, dass ich fünf geile, harte Schwänze nacheinander lecken würde, macht mich allerdings wieder so geil, dass mir der Job als Geberin völlig unwichtig erscheint.

Ich muss dringend mein Hirn wieder einschalten.

Wenn es mit Markus gestern Abend ganz normal gelaufen wäre, mit einem heißen Sexspiel und einem schönen langen Orgasmus, würde ich jetzt sicher nicht in dieser Geilheitsfalle stecken.

Nachdem Michael seinen gesamten Einsatz verloren hat, bittet er mich die Strumpfhose zu wechseln. Ich tue es und sehe, wie sich sein erregter Penis unter seiner dünnen Stoffhose bewegt, während er ziemlich nahe vor mir steht, um die Strumpfhose mit zwei Küsschen in Empfang zu nehmen. Er verlässt den Tisch und setzt sich auf ein an der Wand stehendes Sofa, »der Looser-Lounge«, wie die Herren sie nennen. Sie steht direkt hinter mir und ich kann mir lebhaft vorstellen, wie er jetzt an der Strumpfhose riecht und mir von der Seite auf meine Brüste geiert. Ich spüre fast seinen heißen Atem an mir. Wenn ich mich zu ihm umblicke, lächelt er mir zu und ich kann seinen harten Penis deutlich unter der Hose stehen sehen. Vielleicht holt er ihn ja noch hinter meinem Rücken raus und wichst. Ich stelle mir vor, wie er seine Vorhaut rauf und runter schiebt und mir dann sein Sperma von der Seite auf die Brüste und auf meine schwarze Strumpfhose spritzt. Ich würde aufstehen und seinen Schwanz in den Mund nehme, um ihm den Saft vom Glied zu lecken und seine weiteren Spermaschübe zu schlucken. Hm. Hm. Dann würden sicher alle anderen auch anfangen, zu wichsen und mir nacheinander ihren Saft in den Mund spritzen. Ich würde schlucken und schlucken. Hm. Hm. Ich werde so feucht plötzlich, dass ich das Gefühl habe, es bildet sich eine Pfütze unter mir auf dem Stuhl.

»Hallo, Marie! Karten Bitte!«, höre ich Herrn Puls sagen.

Ich wache aus meinem erotischen Tagtraum auf und hole den Kartenstapel aus der Mischmaschine, um sie zu verteilen.

Die Zeit vergeht wie im Fluge.

Zwei Mal wechsle ich noch die Strumpfhosen, so dass alle Männer ein Exemplar bekommen haben.

Am Ende steht der Gewinner des Abends fest: Es ist Herr Puls. Derjenige, mit dem ich am wenigsten erotische Fantasien entwickelt habe. Aber während ich seine erwartungsvollen Augen sehe und die enttäuschten der anderen Männer, entschließe ich mich, die Rückfahrt auf mich zukommen zu lassen. Ich weiß noch nicht, wie ich reagieren werde, wenn er seine Hand unter mein Kleid steckt oder an meine Brüste. Angefasst hat er mich ja schon im Garten. Es könnte sein, dass er jetzt mehr erwartet.

Ich ziehe mir mein Kleid und meinen Mantel an, verabschiede mich mit Küsschen von den Herren, die mir alle sehr sympathisch waren, verlasse mit meinem Fahrer das Gebäude und steige in den Wagen.

»Marie, du warst einfach bezaubernd. Alle sind verliebt in dich. Wie hat es dir gefallen?«

»Ich fand es echt witzig. Auch wenn ich mehr gezeigt habe, als ich eigentlich wollte.«

»Du, ich fand das genau richtig. Niemand hat erwartet, dass du mit einem von uns schläfst. Nutten können wir uns jederzeit besorgen. Darum ging es wirklich nicht heute Abend. Mach dir keine Sorgen, ich erwarte jetzt auch nicht mehr von dir. Also Sex oder so.«

»Oh, das ist nett.«

»Jedoch eine Sache hätte ich doch schon noch von dir.«

Oh, das war ja klar, er will sicher, dass ich ihn blase. Seine Hose öffne, sein hartes Glied raushole, seine Eichel mit der Zungenspitze umspiele und an seinem Rohr sauge bis es spritzt. Sein Sperma soll ich sicher auch schlucken. Ich soll ihn fertig blasen und ich glaube, ich tue ihm auch den Gefallen, denn ich bin so unendlich erregt.

Ich möchte mich gerade zu seiner Hose hinunter beugen, da hält er mich mit der Hand auf und ergänzt: »Liebe Marie, nicht doch! Ich möchte dich bitten, uns nächste Woche wieder die Karten zu geben. Wenn es geht in hautfarbenen Strumpfhosen. Was meinst du?«

Ich beginne, zu lachen.

»Oh, natürlich gerne. Und ich dachte, sie wollten etwas ganz anderes.«

»Was denn?«

Ich überlege kurz, schalte meinen Verstand ein und antworte: »Ach nix!«

Die Flugbegleiterin

Guten Morgen

Es ist wieder eine dieser frühen Morgenstunden, die mit dem durchdringenden Piepen meines Radioweckers beginnt. Halb fünf steht auf dem Display und es bedeutet, dass ich noch dreißig Minuten habe, bis ich im Foyer des Hotels mit meiner Crew verabredet bin.

Ich bin Stewardess bei einer der größten Fluggesellschaften der Welt. Mein Name ist Valerie und ich wohne eigentlich in Amsterdam. Doch dort bin ich jetzt schon seit über drei Monaten nicht mehr gewesen. Ich fliege diese Woche nur Langstreckenflüge zwischen Paris und New York. In meinem Job ist man überall zuhause. Da ich keinen festen Freund habe, ist das aber auch nicht tragisch. Ich liebe das Jetset-Leben und die wechselnden Hotels und Kollegen.

Diese Woche bin ich für die erste Klasse zuständig und ich freue mich schon sehr darauf. Die Leute sind meist Prominente oder sehr reiche Geschäftsleute. Es vergeht kein Flug ohne eine aufregende Geschichte. Ich bin mit drei Kolleginnen für manchmal nur fünf bis zehn Gäste zuständig. Wir kümmern uns während des gesamten Flugs bis zu vierzehn Stunden sehr intensiv um sie. Manchmal passieren auch Dinge, über die wir nicht sprechen dürfen.

Doch jetzt muss ich mich beeilen.

Ich schaue in meinen Schrank und sehe das dunkelblaue kurze Etuikleid aus Seide. Es fällt sehr schön glatt nach unten und ist vorne mit einer Knopfleiste versehen. Ich stehe fast nackt vor dem Spiegel. Das einzige was ich zum

Schlafen anhabe ist eine hautfarbene Strumpfhose mit dem tollen Namen »Fatal«. Sie ist sehr dünn und hat keinerlei Verstärkung zwischen den Beinen oder den Zehen.

Ich liebe diese Strumpfhose, weil sie wie eine seidene zweite Haut ist. Sie liegt perfekt an meinem schlanken Körper und macht alles mit.

Seit ich Stewardess bin trage ich jeden Tag Strumpfhosen oder halterlose Strümpfe. Es ist unser Dress-Code. Nackte Beine sind nicht erlaubt. Dies wirkt billig. Unsere Fluggäste kommen oft aus gutem Hause und dort ist Nylon oder Seide an den Beinen ein wunderschönes Muss. Schließlich sehen Beine in den richtigen Strumpfhosen einfach perfekt aus.

Die Strumpfhose habe ich gestern Abend schon angezogen, damit ich sie jetzt nicht in Eile anziehen muss. Das kann bei den hauchzarten Fasern schnell ins Auge gehen. Meine Fingernägel sind lang, aber auch oft von der Arbeit beansprucht. Ich ziehe die Strumpfhose deshalb am Vorabend ganz vorsichtig an und lasse sie über Nacht an. Morgens brauche ich dann nur schnell ein Kleid drüber zu ziehen. Da ich immer Strumpfhosen trage, brauche ich nie Slips. Die Strumpfhosen sind ja wie Unterhosen und ich ziehe jeden Tag bis zu fünf neue an. Beim Service im Flugzeug gehen sehr viele Strumpfhosen kaputt. Oft komme ich mit den Beinen an die Sitze der Gäste und – schwups – ist ein kleiner Defekt an der Masche. Bevor es eine Laufmasche gibt muss ich sie wechseln.

Ich greife das Kleid und ziehe es schnell über. Meine Brüste sind sehr fest und mittelgroß. Ich trage keinen BH, weil ihre Form sehr schön ist. Meine Kolleginnen sind in dieser Woche auch so jung wie ich – neunzehn bis zwanzig Jahre alt. Sie alle tragen das gleiche und auch keine BHs. Immer zur Freude unserer Gäste. Durch den seidenen Stoff unserer Kleider sind die Konturen unserer wohlgeformte Brüste gut zu erkennen. Genauso wie jetzt gerade bei mir. Wenn ich an den Flug denke, werde ich schon so erregt, dass meine Brustwarzen ganz hart sind und man mir meine Vorfreude deutlich ansieht.

Ich gehe noch schnell ins weiße Marmor-Bad, um mich frisch zu machen und Make-up aufzulegen, dann greife ich mir meinen kleinen Koffer und verlasse das Zimmer.

Im Foyer wartet bereits die Crew. Unsere beiden Piloten begrüßen alle Stewardessen immer mit einer zärtlichen Umarmung. Sie genießen auch jeden Flug, weil sie mit insgesamt zwölf wunderschönen, schlanken und sexy gekleideten jungen Frauen die ganze Woche verbringen dürfen.

Die Piloten sind sehr offen für alles. Am liebsten würden sie jeden Abend eine andere von uns mit auf ihr Zimmer nehmen. Und das gelingt ihnen auch fast jedes Mal. Auch ich genieße öfter diese ungezwungenen Gelegenheiten. Es ist meist ohne Verpflichtungen oder Erwartungen gegenüber dem anderen.

Als Single brauche ich regelmäßig Sex mit Männern. Die beiden Piloten sind auch oft dabei. Das ist so üblich – allerdings redet darüber niemand. Es geschieht einfach.

Ansonsten sind auch die Kolleginnen sehr zärtlich zueinander. Häufig teilen wir uns ein Hotelzimmer und schlafen in einem Bett. Dann massieren wir uns gegenseitig und manchmal auch intensiver.

Als unser Pilot mich zur Begrüßung umarmt, streicht er mit seiner rechten Hand über meinen Po und fühlt, ob ich einen Slip trage. Das macht er jeden Morgen. Er liebt es, wenn wir keine Slips tragen.

Das Gefühl seiner Hand erregt mich jedes Mal. Wenn man mir über meinen Po streichelt, werde ich sofort ganz feucht im Schritt. Das weiß er auch! Ich glaube, heute bin ich seine Auserwählte. Wir hatten noch nie das Vergnügen einer gemeinsamen Nacht. Meine Kollegin Kathi erzählte mir nur, dass er sehr gut bestückt sei. Ich lächele ihn kurz an und berühre mit meiner Hand seine Hose vorne. Er ist auch erregt und das, was ich spüren kann, ist sehr beeindruckend. Er ist Südafrikaner und ziemlich groß, ich schätze etwa 1,95 Meter.

Schwarze Männer haben meist sehr lange Extremitäten. Für mich ist die Größe nicht so wichtig, sondern eher die Zärtlichkeit der Hände. Aber wenn ich richtig erregt bin, genieße ich auch den Schmerz harter, tiefer Stöße. Da ich recht klein bin mit meinen 1,65 Meter, sind 40 Zentimeter lange Manneskraft eine echte Herausforderung.

Taxi zum Flieger

Der junge, stattliche Pilot mit Namen Tom hat offensichtlich das Ziel, mich heute zu verführen. Als die Crew in zwei Großtaxen steigt, lässt er mir den Vortritt, um als erste auf der Rückbank Platz zu nehmen. Dann folgt er mir und setzt sich direkt neben mich. Dabei rückt er ganz nah an mich heran und legt seinen rechten Arm um mich. Seine linke Hand legt er auf mein Knie.

»Hmmm, das fühlt sich gut an. Sind das Halterlose oder eine Strumpfhose?«, fragt er leise. Dabei kommt er so nah an mein Ohr, dass ich seinen warmen Atem spüre. Ein angenehmer Schauer fließt von meinen Nacken bis zu meinem Rücken hinunter. Ich drehe meinen Kopf zu ihm und berühre leicht seinen Mund mit meiner Nase.

»Ich muss Dich enttäuschen. Es sind keine Halterlosen«, antworte ich und lächle ihn an. Dabei berühre ich ihn mit meiner rechten Hand an seiner Brust und spüre einen durchtrainierten harten Oberkörper.

»Warum willst du das wissen?«, frage ich ihn mit einem zärtlich verständnisvollen Blick.

»Du bist sehr süß und ich liebe Frauen mit so tollen Beinen, vor allem wenn sie keinen Slip unter dem Rock tragen. Das erregt mich sehr.«

»Das werde ich dir aber nicht verraten«, flüstere ich ihm leise zurück in sein Ohr, »du hast den ganzen Flug Zeit, um das herauszufinden.«

Doch Tom ist wohl kein Mann, der sich zurückweisen lässt: Im gleichen Moment gleitet seine Hand, die sich auf meinem Oberschenkel befand, direkt unter meinen Rock. Ich erschauere schon wieder. Diesmal geht es durch den ganzen Körper, denn seine langen und harten Finger berühren mich direkt in meinem Lustzentrum. Ohne zu fackeln drückt er seinen Mittelfinger durch meine Strumpfhose in meine bereits völlig nasse Muschi.

»Uh«, stöhne ich leise.

»Aber Hallo! Du hast ja keinen Slip an. Ich wusste, du bist eine echte Traumfrau.« Er zieht seinen Finger aus mir und führt ihn an seine Nase. »Du duftest wahnsinnig geil. Wenn du auf einen dominanten Neger stehst, solltest du heute den Flug ganz nah bei mir verbringen«, flüstert er und küsst mich auf meinen Mund.

»Oh-kay«, sage ich leise und etwas verschüchtert, denn so etwas habe ich bisher noch nie erlebt. Ich bin etwas sprachlos, weil er sich einfach nimmt, was er will. Obwohl ich mich etwas überrumpelt fühle, sogar ein bisschen vergewaltigt, schweige ich. Irgendwie gefällt es mir, auch wenn ich es nicht gewohnt bin, einfach genommen zu werden. Doch mein Herz pocht wie verrückt und meine Strumpfhose ist feucht vor Leidenschaft. Ich denke, der Flug wird wahnsinnig erotisch.

Auf dem Rest der Taxifahrt streichelt er wortlos meine Beine und fährt hin und wieder mit der Hand unter meinen Rock. Ich lege mich zurück und genieße es. Unter seiner Hose sehe ich einen langen Beweis seiner Erregung, der sich fast bis zur Hälfte seines langen Oberschenkels deutlich abbildet. Ich lege meine linke Hand darauf und streichle ihn ebenfalls. Ich spüre sein Rohr: Es ist sehr hart und mindestens dreißig Zentimeter lang. Fünf meiner Handrückenflächen reichen nicht aus, um ihn vollständig zu bedecken. Seine Berührungen sind wundervoll. Obwohl er riesige Hände hat, ist er wahnsinnig zärtlich. Manchmal kommt er mit einer Fingerspitze an meine Schamlippen. Jedes mal durchzuckt es meinen Körper. Meine Brustwarzen sind steil aufgestellt und klar durch den zarten Stoff meines Kleides zu erkennen. Ich bekomme mehr und mehr den Wunsch, seine beeindruckend große Männlichkeit tief in mir zu spüren.

Doch im Taxi ist nicht daran zu denken, unser Spiel weiter fortzuführen.

Der Gast aus Dubai

Wir kommen am Flughafen an und unser erotisches Rückbankvergnügen wird abrupt beendet. Da das Taxi im dichten Verkehr aufgehalten wurde, müssen wir uns beeilen. Im Laufmarsch durchqueren wir die Flughalle und eilen zum Gate B 34.

In der Crewbesprechung erfahre ich leider, dass ich nicht für das Cockpit zuständig bin. Ich soll mich um einen Stammgast aus Dubai kümmern, der alleine reist und gern eine exklusive Stewardess für sich beansprucht. Aber ich bin nicht die einzige auf diesem Flug: Er ist gewohnt, mindestens alle vier Stunden eine andere junge Begleiterin für sich alleine zu haben. Er ist wohl Abwechslung gewöhnt. Ich habe schon öfter von ihm gehört, aber heute habe ich zum ersten Mal »das große Los« gezogen.

Meine Kollegin Claudia, eine hübsche Spanierin mit langen, schwarzen Haaren und einer Top-Figur, raunzt mir leise zu: »Er ist wahnsinnig reich. Das gibt sicher viel Trinkgeld.«

»Ich bin mal gespannt«, antworte ich, »hoffentlich ist er kein Blödmann!«

»Wirst du ja sehen«, meint Claudia, »ich kenne ihn nicht, er wird immer total abgeschirmt. Wird bestimmt lustig.«
Wir grinsen und machen uns auf den Weg durch den Gang zur Maschine.

Das Flugzeug ist ein Airbus A300 mit über 800 Sitzplätzen. In der ersten Klasse sind Schlaf-Sitz Kombinationen, wobei das Exklusiv-Abteil für meinen Servicegast ganz vorne in einer abgetrennten Abteilung liegt. Es ist völlig abgeschirmt von allen anderen Gästen. Hier sitzen sonst nur Könige und hochgestellte Persönlichkeiten. Agadib Kalib Panchasa ist eine solche. In meinen Briefing-Unterlagen lese ich, dass er Eigentümer eigener Ölfelder ist und zu den zwanzig reichsten Menschen der Welt gehört.

Ich bereite alle Getränke und Speisen vor. Er sollte jeden Moment als erster das Flugzeug betreten. Ich bin etwas nervös, weil ich nicht viel Zeit habe, die Checkliste an Wunschgerichten für ihn durchzugehen. Russischer Kaviar, floridianische Früchte, französischer Champagner. Eine feine, aber kleine Liste. Ich habe mehr erwartet. Dann lese ich noch einen Hinweis: »PHL«. Allerdings weiß ich nicht, was er bedeuten soll. Claudia zuckt nur mit den Schultern, als ich sie kurz danach frage.

Ich gehe noch schnell in die Crew-Kajüte, um mich frisch zu machen. Ich lege etwas Parfum von Gucci auf und ziehe eine frische Strumpfhose an.

»Oder soll ich halterlose Strümpfe anziehen?«, frage ich mich und entscheide mich spontan dafür. Schließlich will ich meinem reichen Gast etwas bieten. Ich genieße es sehr, wenn ich Männer aus der Fassung bringe. Ich kann ihn ja hin und wieder mal unter meinen Rock gucken lassen. Und einen Slip habe ich sowieso heute nicht an.

Ich schiebe meinen Rock hoch und greife in den Bund meiner Strumpfhose, um sie nach unten zu ziehen. Dabei sehe ich den großen hellen Fleck im Schritt. Das Erlebnis im Taxi hat mich wirklich sehr aufgewühlt. Schade, dass ich Tom auf dem Flug wohl nicht zu sehen bekomme und mich jetzt um einen alten, reichen Scheich kümmern muss. So ist das halt, ich kann mir meine Aufgaben nicht immer aussuchen.

Obwohl, so schlecht ist diese Aufgabe nicht. Wann begegnet eine Frau schon mal einem so reichen Mann?

Ich glaube, unser Einsatzleiter hat sich schon was dabei gedacht, mich für ihn auszuwählen.

Vielleicht steht der Gast ja auf blonde zierliche Frauen?

Vielleicht will er mich heiraten?

Ich grinse innerlich darüber, welche wirren Gedanken einer jungen Frau durch den Kopf gehen, wenn sie jung, ledig und heiratsfähig ist.

Ich bin sehr gespannt, wie er aussieht, wie alt er ist und welche Extra-Wünsche auf mich zukommen.

Als ich die schwarzen, hauchdünnen, halterlosen Nylonstrümpfe vorsichtig, Bein für Bein, hochziehe, klopft es an der Tür:

»Valerie, der Gast ist da, komm bitte schnell«, flüstert Claudia durch den Türspalt.

»Ich komme«, antworte ich und ziehe das Kleid zügig über meinen nackten Po. Ich bin unter dem Kleid völlig nackt. Nur an den Beinen habe ich die Nylons an. Ich schlüpfe in meine geschlossenen schwarzen Pumps und eile in den Gastbereich.

»Guten Tag, Herr Panchasa. Willkommen in der ersten Klasse. Was kann ich für Sie tun?«, höre ich mich in fließendem Englisch sagen. Er lächelt kurz, setzt sich hin und schweigt.

»Möchten Sie etwas trinken?«

Er schüttelt nur mit dem Kopf, deutet aber dann plötzlich mit dem rechten Zeigefinger auf den Boden und hebt auffordernd seine Augenbrauen.

Ich bin verwirrt. Was will er denn?

Soll ich etwa nieder knien?

Ihm die Füße küssen?

Oder etwa noch ganz andere Dinge?

»Entschuldigen Sie, ich weiß nicht was Sie wünschen.«

Er antwortet nicht und zeigt weiterhin unaufhörlich auf

seine Füße.

Ich verzweifele. Warum redet er nicht?

Ist er stumm?

Ich muss Claudia um Rat fragen.

Kurzerhand zucke ich mit den Schultern und stammele: »Ich... ich... muss kurz auf Toilette, entschuldigen Sie bitte.«

Ich lasse ihn mit seiner »Küss mir die Füße«-Geste sitzen und eile zu Claudia.

»Claudia, was will er? Kann er nicht sprechen? Er zeigt unaufhörlich auf den Boden oder auf seine Füße, was will er denn?«

»Oh je, hat dir unser Chef das nicht erklärt? Er ist gewohnt, dass man ihm die Schuhe auszieht.«

Ich lache, »Ach so! Was denn sonst noch?«

»Er zeigt auf alles, was er will. Und ich denke, er wird böse, wenn du nicht alles machst.«

»Das wird ja immer aufregender«, antworte ich und eile zu ihm zurück. Claudia schaut mir lachend hinterher, »und stell´ dich jetzt bloß nicht so an, der Mann hat Kohle!«

Na ja, eine Prostituierte bin ich ganz bestimmt nicht. Ich lasse ja nicht jeden ran. Aber jede Frau hat ihren Preis, denke ich. In diesem Moment frage ich mich selbst: »Wie viel müsste er zahlen, damit ich alles für ihn tue?« Vor seinem Bereich halte ich kurz inne und lege mich auf einen Preis fest:

50.000 EUR.

Ich kann mir nicht vorstellen, dass er das für mich bietet.

Als ich zu ihm komme, zeigt er immer noch auf seine Füße. Ich nicke entschuldigend, knie mich sofort vor ihn und fasse seine Füße an. Er beginnt zu lächeln und mustert mich ganz genau. Ich fühle, dass sein Blick über meine Beine und dann unter meinen Rock geht. Während ich ihm den ersten Schuh ausziehe, hat er freien Blick auf meine glatt rasierte Scham. Seine Augen weiten sich erstaunt. Klar, dass ihm das gefällt, denke ich. Ich lasse ihn einfach weiter schauen und lächle ihn an. Ich streichle über seinen Fuß und wundere mich über seine Socken. Er hat hautfarbene Nylonsöckchen an. Ich streichle sein Bein höher, um ihm die Socken auch auszuziehen. Ich gehe immer höher sein Bein entlang, aber ich finde das Ende des Söckchens nicht. Plötzlich bin ich oben an seinem Schritt angekommen und sehe, dass er eine Strumpfhose trägt. Erstaunt schaue ich ihn an. Er lächelt, nimmt meine Hand und führt sie hoch bis auf seinen erigierten Penis. Er ist nicht besonders groß, aber er steht wie ein Zeltmast unter der Strumpfhose. Ich zucke mit meiner Hand zurück, stehe auf und schüttele mit dem Kopf.

»Nein, sorry, ich bin Stewardess und keine Prostituierte.«
Ups, was habe ich gerade gesagt?
Ich bin erstaunt über mich selbst. Eben hatte ich mir noch einen Preis überlegt und jetzt weise ich diesen super reichen Mann ab? Ich habe doch nichts zu verlieren, bin niemanden zur Rechenschaft verpflichtet, habe keinen Freund und lasse sonst auch kein erotisches Erlebnis aus – und jetzt, wo ich womöglich viel Geld dafür bekommen könnte, sage ich nein?

Sein Blick wird ganz finster. Ich stehe regungslos vor ihm und starre auf seinen Penis. Er sackt langsam in sich zusammen.

Nein, das ist quatsch! Ich lächle ihn an, knie mich wieder vor ihn und beginne, ihm seine in Feinstrumpfhose gehüllten Füße zu küssen. Ich küsse und küsse und beobachte gleichzeitig, wie sich sein Glied langsam wieder aufrichtet. Ich küsse seine Schienbeine, seine Unterschenkel und Waden, seine Knie und seine Oberschenkel.

Sein Penis ist wieder ganz aufgerichtet, das Zelt ist wieder da. Kurz vor seinen Hoden, halte ich kurz an. Er schaut mich fragend an und zieht meinen Kopf mit seiner rechten

Hand ganz nah an seinen Harten. Er streckt seine Zunge raus und signalisiert was ich tun soll: lecken. Ich schaue ihn mit großen, fragenden Augen an. Als ob er mich verstehen würde, greift er in eine Seitentasche seines Umhanges und holt ein Bündel US-Dollar heraus. Es sind Fünfhundert-Dollar Scheine. Während ich meine Lippen auf seinen Nylon-Schwanz drücke, sehe ich, wie er das Bündel vor meinen Augen durchblättert. Ich bin baff: es sind viel mehr als hundert Scheine. Mein Herz schlägt mir bis zum Hals. Mir bleibt die Luft weg. Ich nehme das Bündel und fange an, mich ganz intensiv um seinen Penis zu kümmern. Ich knöpfe mein Kleid vollständig auf und zeige ihm meine Brüste. Er zeigt auf seinen Penis, als wolle er sagen: »Blase mich jetzt, ich will in deinen Mund spritzen.«

Ich bin bereit dafür. Ich lecke seine Füße, seine Zehen alle einzeln, seine Waden, seine Kniekehlen, seine Oberschenkel, seinen Anus, seinen Hodensack und seinen Penis. Ich greife seinen Schaft und stecke sein nylongehülltes Glied immer wieder tief in meinen Rachen. Plötzlich schmecke ich Sperma. Er ejakuliert durch die Strumpfhose in meinen Mund. Ich schlecke alles ab und schlucke es herunter. Sein Saft schmeckt nach bitterer Schokolade. Es ist das Leckerste, was ich je bei einem Mann geschmeckt habe. Er legt sich zufrieden zurück und zieht mich auf ihn drauf. Ich schmiege mich mit meinem nackten Körper an seine Beine und küsse seine nackte Brust. Dabei reibe ich meine total nasse Muschi an seinem Knie. Es ist ein komisches Gefühl, die Strumpfhose zwischen meinen Beinen zu spüren. Meine Halterlosen reiben sich gleichzeitig mit seinen bestrumpften Beinen.

Jetzt weiß ich was die Abkürzung »PHL« bedeutet: »PantyHose-Lover«, also Strumpfhosen Liebhaber.

Während ich auf ihm liege, streichelt er meinen Po. Es ist, als ob er noch nicht befriedigt worden wäre. Ich kenne nur wenige Männer, die so schnell wieder geil werden. Er gehört offensichtlich zu den Unersättlichen. Er befingert meine tropfnasse Muschi und verreibt meinen Saft über mein Poloch. Ich genieße es. Analsex ist für mich kein Tabu. Im Gegenteil, ich liebe es, wenn ein Mann animalisch wird. Er bohrt sehr langsam einen Finger in meinen Po. Ich zucke leicht und liebkose mit meiner Zunge seinen Hals. Unter mir spüre ich, wie sein Glied sich wieder aufrichtet. Es ist immer noch unter der Strumpfhose gefangen. Ich spreize die Beine und drücke meine Vagina gegen das Penis-Zelt. Während er einen Finger in meinem Po hat, verschwindet langsam der Nylonschwanz in meiner Muschi. Meine Feinstrümpfe reiben auf seiner Strumpfhose. Es ist ein geiles Gefühl. Immer tiefer rutscht er in mich hinein. Das Nylongewebe reibt im Innern meiner Lustgrotte. Ich werde immer feuchter. Obwohl Nylon ja Flüssigkeit aufsaugt, trieft sein Schaft voll von meinem leidenschaftlichen Saft.

Plötzlich stoppt er meine rhythmischen Beckenbewegungen und gibt mir ein Zeichen, dass ich kurz innehalten soll. Sein Penis ist ganz tief in mir begraben. Ich spüre ihn nur leicht in mir zucken.

Er greift zum Servicetelefon und wählt die Eins. Das ist die Nummer von Claudia. Ich stutze und frage mich: »Was will er denn jetzt noch? Ich sitze hier nackt auf seinem prallen Rohr und jetzt ruft er Claudia? Was wird sie von mir denken? Will er etwa auch noch Sex mit ihr?«

Doch bevor ich irgendetwas unternehmen kann, tritt Claudia in unseren Bereich und fragt mit absolut cooler Stimme: »Was kann ich für Sie tun?«

Einfach so. Als ob es das Natürlichste auf der Welt wäre, dass ich auf dem Schoss eines Gastes sitze und ihn sexuell befriedige. Ich komme aus dem Staunen nicht mehr heraus. Er legt wieder ein Bündel Geldscheine auf den Tisch. Claudia nimmt es und nickt. Dann zeigt er auf ihren Kleidsaum und bewegt leicht den Finger nach oben.

Claudia versteht ihn offenbar: Sie zieht langsam ihr

Kleid hoch bis über ihre Hüfte. Sie trägt eine völlig transparente, schwarze Strumpfhose. Wir können beide durch die Strumpfhose ihre Schamlippen und ihren schmalen Schamhaar-Streifen sehen.

Während sie so da steht, beginnt er wieder sein Becken gegen mich zu pressen. Wie automatisch gehe ich mit und bewege meinen Po wieder auf und ab. Sein Penis ist immer noch knallhart. Claudia streichelt sich mit ihren Händen zwischen ihren Beinen und schaut mich dabei ganz ernst an. Ihr Blick fixiert sein Glied, wie es im Sekundentakt in mich hineinstößt. Es gefällt ihr wohl genauso gut wie uns. Langsam breitet sich ein feuchter Fleck auf ihrer Strumpfhose aus.

Er winkt sie näher zu uns. Mit einer Hand greift er zwischen ihre Schenkel und drückt seinen Mittelfinger tief in ihre Muschi. Claudia zuckt zusammen und schließt ihre Augen.

Währenddessen komme ich langsam zu einem Punkt, an dem ich nicht mehr lange zum Orgasmus brauche. Jeder Stoß könnte jetzt einen Höhepunkt für mich bedeuten. Ich reite ihn unaufhörlich. Er schaut mich dabei an, als ob er wüsste, dass ich jetzt an der Reihe bin. Meine Brustwarzen sind steil aufgerichtet. Mein Bauchmuskeln ziehen sich plötzlich ruckartig zusammen und ich verliere die Kontrolle über mich.

Ich schreie einen Orgasmus heraus, wie ich ihn noch nie erlebt habe.

Ich bewege mich nicht mehr, aber er stößt unaufhörlich weiter in mich hinein.

Claudia fasst mir an meine Brüste. Ich zucke schon wieder zusammen und erlebe eine Vielzahl kurzer Orgasmus-Schübe. Ich kann nicht mehr, aber er dringt weiter in mich ein.

Ich will ihm gerade ein Zeichen geben, dass ich nicht mehr kann, da zieht er sich aus mir heraus. Ich rutsche von ihm runter und lege mich erschöpft auf den Boden.

Jetzt ist Claudia an der Reihe.

Er nimmt seine drei Finger aus Claudias Schritt und deutet auf den Boden vor ihm. Dann reißt er ein Loch in seine Strumpfhose und legt sein immer noch erigiertes Glied frei. Claudia versteht und kniet sich vor ihn.

Sie zieht ihr Kleid über den Kopf und zeigt ihren beneidenswert perfekten Körper. Ihre Brüste sind, trotz ihrer Größe, wundervoll geformt. Sie nimmt seinen Penis langsam in den Mund und beginnt, ihn zu blasen.

Ich setze mich auf und schaue unseren Gast fragend an. Als hätte ich es gewusst: Er schaut mich an und zeigt auf seinen Penis. Er zieht seine Beine an sich heran, so dass wir beide Platz nebeneinander haben, um zwischen ihnen mit unseren Zungen zu spielen. Während ich seinen Schwanz von Claudias Mund übernehme, beginnt sie, seinen Anus zu lecken. Er hat sehr zarte Haut. Als ich ihn eben mit dem Mund verwöhnte, fühlte ich nur Nylon, jetzt bin ich direkt auf seiner glatten Haut. Seine Scham ist genauso vollständig rasiert wie meine. Das ist sehr angenehm bei der oralen Liebkosung.

Plötzlich richtet er sich ruckartig auf und es spritzt aus seinem Penis. Den ersten Schwall bekomme ich in mein Gesicht, den zweiten und dritten zielt er in den Mund von Claudia. Sie schluckt es runter und leckt seinen Penis ab. Danach kommt sie auf mich zu und leckt sein Sperma von meinen Wangen und meinem Mund. Ich bin fasziniert und küsse sie auch. So etwas habe ich noch nie erlebt.

Der Scheich stellt seine Rückenlehne zurück und schließt seine Augen. Claudia legt eine Decke über ihn und flüstert grinsend: »Komm Valerie, das hast du toll gemacht. Er will jetzt schlafen. Und wir sind jetzt 50.000 Dollar reicher!«

»Wahnsinn«, antworte ich und ziehe mir schnell mein Kleid wieder über.

Zehn Stunden später landet unser Airbus in New York. Mein Gast hat die ganze Zeit geschlafen. Offensichtlich waren Claudia und ich sein Entspannungsprogramm für die Nacht.

Es ist früher Morgen. Der Flughafen bietet eine wundervolle Szenerie: Die Frühsonne legt einen milden orangegelben Farbteppich über das weite Gelände.

Wie gewohnt verlässt die Crew das Flugzeug zuletzt.

Tom kommt auf mich zu und fragt: »Na, Süße, hast du mich vermisst?«

Ich lächle nur, »nein, sollte ich? Claudia und ich haben uns gut amüsiert.«

»So, so«, erwidert er.

»Ja, und ich teile heute mein Zimmer mit ihr. Sei nicht traurig.«

Er schaut mich kurz unverständig an, lächelt aber dann. Danach geht er zu meiner Kollegin Sandra und drückt sie an sich.

Natürlich – er hat schon eine Andere klar gemacht. Ein echter Aufreißer. Es hätte mich auch gewundert, wenn er nur auf mich gewartet hätte.

Claudia nimmt mich in den Arm und wir gehen gemeinsam in unser Hotel. Es ist direkt am Airport.

Kaum im Zimmer angekommen, ziehen wir uns beide die Kleider aus und legen uns ins Bett. Ich gebe ihr einen Kuss auf den Mund, »es war toll mit dem Scheich und dir.«

»Ich fand es auch toll, Valerie. Es hat sich echt gelohnt. Und Spaß hat es auch gemacht.«

»Stimmt«, antworte ich. Dann schlafen wir erschöpft und aneinander geschmiegt ein.

New York Party

Nachdem wir acht Stunden geschlafen haben, wache ich auf und betrachte Claudia und mich im Spiegel über dem Bett. Sie trägt immer noch die schwarze Strumpfhose und ich die hübschen, halterlosen Feinstrümpfe. Ansonsten haben wir nackt nebeneinander geschlafen.

Ich streichle sanft über ihre Beine, aber sie wacht nicht auf. Deshalb winde ich mich langsam aus ihren Armen und stehe auf.

Eine Dusche ist jetzt das Richtige. Ich rolle die halterlosen Strümpfe bis zu meinen Waden herunter und ziehe sie dann einzeln über meine Zehen. Manchmal dusche ich auch mit den Nylons, aber ein Strumpf hat eine Laufmasche an den Zehen. Ich stecke beide Strümpfe in eine Seitentasche meines Koffers, in der sich schon einige gesammelt haben.

Ich werfe Strumpfhosen oder Feinstrümpfe nie weg, auch wenn sie beschädigt sind. Ich habe einige Abnehmer, die bereit sind, eine Menge Geld dafür zu bezahlen. Allerdings ist das, gegen mein letztes Honorar vom Scheich, nur ein kleines Taschengeld. Aber etwa zwanzig Euro bekomme ich mindestens für dieses Paar Strümpfe. Wenn ich bedenke, dass ich jeden Tag bis zu drei mal wechsle, kommt schon ein gutes Nebengehalt zusammen. Als Flugbegleiterin verdient man nämlich nicht genug, um sich die schönen Dinge der Welt kaufen zu können.

Heute Abend ist die ganze Crew zu einer Party im Club 54 auf der 5th Avenue eingeladen. In einem exklusiven Nebenraum finden meistens die heißesten Feiern statt. Dort mischen sich New Yorker Industrielle und Viel-Flieger mit Boden- und Flugpersonal der ansässigen Airlines.

Das Tollste ist, dass sich alle in Schale werfen. Alle Frauen tragen kurze, schwarze Kleider und Strumpfhosen. Die Männer tragen schwarze Anzüge oder sogar Smokings.

Ich höre so oft von meinen Kolleginnen von dieser Party. Man trifft nur nette Leute. Für die Männer ist diese Party das größte Highlight des Jahres. Von den etwa 400 geladenen Gästen sind 300 Flugbegleiterinnen dort. Also für jeden Mann drei hübsche, junge und aufgeschlossene Frauen.

Letztes Jahr konnte ich leider nicht dort sein, weil ich zu der Zeit nur Kurzstrecken in Europa begleitete. Aber heute ist es endlich soweit. Ich bin wahnsinnig gespannt, was auf mich zukommt. Auf jeden Fall will ich tanzen, tanzen und tanzen. Bei so viel weiblicher Konkurrenz wird es wohl schwer, einen männlichen Tanzpartner zu finden, aber das ist egal. Hauptsache wir haben Spaß. Mit Claudia, Yvonne, Maria und Sandrine wird es ganz bestimmt auch ohne Männer lustig. Auf jeden Fall wird sich jede von uns ins Zeug legen, das heißeste Outfit und die geilste Performance aufs Parkett zu legen. Wer weiß, vielleicht sind wir ja auch die Hübschesten.

Plötzlich geht die Badezimmertür auf und Claudia kommt herein.

»Na, Süße, wie geht's?«, fragt sie mit einem schelmischen Lächeln, »unser kleines Taschengeld von gestern müssen wir unbedingt feiern!«

»Oh ja, bitte!«, antworte ich, »wirst du das Geld anlegen oder heute gleich bei Tiffany ausgeben?«

Claudia schlüpft mit ihrer Strumpfhose zu mir unter die Dusche.

»Ich werde auf jeden Fall vorbeischauen«, antwortet sie mir. Sie nimmt sich einen großen Schub Shampoo aus der

Flasche und reibt damit ihre Strumpfhose an den Beinen, dazwischen und an ihrem Po ein. Ich lächle, weil ich das auch immer so mache.

»Ich werde einen Teil in neue Kleider investieren und den anderen Teil für ein Cabriolet zurücklegen«, sage ich, während ich ihr Platz unter der Dusche mache und beginne mich, mit einem großen, weißen Badetuch abzutrocknen.

»Was ziehst du denn gleich für die Party an, Claudia?«

»Auf jeden Fall keinen Slip!«, antwortet sie schlagkräftig und wir beide beginnen, schallend zu lachen.

Während ich mich abtrockne, beobachte ich Claudia durch die Glasscheibe der Dusche. Sie ist eine bildhübsche, junge Frau mit einem super schlanken Body und trotzdem fülligen, echten Brüsten. Einige Kolleginnen von uns haben sich unter das Messer gelegt, doch Claudia hat das absolut nicht nötig.

In der schwarzen Wolford sieht sie einfach toll aus. Ihre Beine sind lang und schlank, und ihr Po ist sehr schön geformt. Keine Unreinheit ist auf ihrer Haut zu erkennen. Sie hat heute Abend bestimmt sehr große Chancen, einen Verehrer für sich zu gewinnen. Ich bin froh, dass ich als nordische und echte Blondine keinerlei Konkurrenz für sie mit ihren schwarzen, langen Haaren bin. Ich habe zwar auch rückenlange Haare, aber meistens stecke ich sie hoch. So gefalle ich mir auch sehr gut. Da ich sie bei der Arbeit immer hoch- oder zusammenstecke, werde ich sie auf der Party jedoch offen lassen.

»Was gibt es Schöneres, als eine blonde Frau mit offenen Haaren in einem kleinen Schwarzen und schwarzer Nylon-Strumpfhose?«, das waren die Worte meines Vaters, als er mich mit vierzehn zum ersten Mal so zu einem Abschlussball gehen sah. Ich werde es nie vergessen. Sein Blick war voller Bewunderung und ich fühlte mich wie eine erwachsene Frau.

Meine Mutter zieht sich auch immer sexy an. Sie ist mit

ihren vierzig Jahren fast wie meine Schwester und mein Vater liebt das sehr. Er ist ein echter Genießer. Leider sehe ich die beiden und meine kleine Schwester Laura viel zu selten. Sie will auch unbedingt Stewardess werden, aber im Alter von fünfzehn muss sie noch etwas warten. Manchmal zieht sie auch meine Uniform an. Ich finde, sie sieht dann schon genauso alt aus wie ich. Sie ist wirklich sehr hübsch. Letztes Mal hat sie mir ganz stolz erzählt, was sie macht, wenn sie ihre Hausaufgaben nicht machen will: Dann zieht sie am nächsten Tag einfach einen kurzen Rock und eine Strumpfhose zur Schule an. Bei diesem Anblick verzeihen ihre Lehrer ihr dann fast alles.

Ich denke, das hat sie von mir. Dieser Trick gehört noch heute zu meinem liebsten Maschen. Auch unsere Mutter weiß, wie sie unseren Vater um den Finger wickelt. Daher wollte ich auch schon sehr früh – ich glaube mit zwölf Jahren – Feinstrumpfhosen unter dem Rock tragen und keine mehr aus Wolle, wie meine kleine Schwester.

Komisch, dass ich daran denken muss, während ich Claudia unter der Dusche betrachte. Wahrscheinlich, weil sie einen ebenso makellosen Körper hat wie meine kleine Schwester.

Claudia will auf Toilette und bittet mich freundlich hinaus. Ich bin fertig mit dem Schminken und stelle mich vor meinen Reisekoffer.

Wieder stellt sich mir die Frage: »Was ziehe ich heute über meine Strumpfhose?«

Für die Party heute Nacht brauche ich das Schärfste, was ich habe. Ich klappe meinen Koffer ganz auf und lege alles einzeln auf das Bett.

Ich beginne mit den noch verpackten Strumpfhosen: drei schwarze, fünf hautfarbene, zwei gemusterte, zwei schwarze mit offenem Schritt und einen Catsuit. Der Catsuit ist auch schwarz, hat aber einen etwas blickdichteren Abschnitt auf Brusthöhe, so wie ein Top. Ich überlege kurz, doch dann entscheide ich mich, die Packung aufzureißen und ihn aus der Verpackung zu nehmen. Es ist ein sehr teueres Modell aus Italien. Mit ihm ist mein ganzer Körper, inklusive der Arme, mit zartem, schwarzen Nylon bedeckt. Nur mein Kopf, meine Hände und mein Schritt nicht. Das ist das Tolle an diesen Teilen: Man muss sie nicht ausziehen, wenn man auf Toilette will oder schnell etwas mit einem Mann haben möchte.

Der Gedanke daran erregt mich sehr.

Vor allem in Anbetracht der Party heute Abend. Ich setze mich auf das Bett und ziehe mir meine weißen Baumwollhandschuhe über, die ich immer nehme, wenn ich teure Strumpfhosen anziehe. So sind die feinen Nylongewebe vor meinen Fingernägeln geschützt und nichts kann passieren. Da fällt mir ein, dass ich noch Ersatzstrümpfe mitnehmen muss. Ich schaue in meine kleine Handtasche und finde noch einfache schwarze Halterlose. In meiner Tasche befinden sich immer welche, weil ich mich ohne einfach billig und nackt fühle.

Ich ziehe langsam den Catsuit hoch, stecke meine Arme hinein und ziehe meinen Kopf durch eine Art Neckholder. Dann zupfe ich das Loch im Schritt zurecht. Der Blick in den Spiegel zeigt, dass man freien Blick auf alles hat, was ein Mann gern sieht.

In diesem Moment kommt Claudia aus dem Badezimmer. Sie hat die Strumpfhose mit einem Fön vollständig auf ihrer Haut getrocknet.

»Wow, Valerie, wo hast du denn das super Teil her?«, fragt sie erstaunt.

»Aus Mailand. Ich hab es in einem Strumpfhosengeschäft in der City gefunden und sofort gekauft«, antworte ich, »am Liebsten würde ich gar nichts mehr sonst anziehen.« Claudia lacht. »Na ja, einen Rock solltest du vielleicht doch noch drüber ziehen, oder willst du, dass dir jeder sofort in den Schritt guckt?«

»Nein, nicht sofort«, prustet es aus mir heraus. Wir beide fallen uns vor Lachen in die Arme.

Claudia streichelt mir dabei über meinen Rücken und meine Brüste.

»Also, Valerie, hast du noch so einen Catsuit für mich? Der fühlt sich ja sensationell an. So weiches Material habe ich noch nie gespürt. Und die Verstärkung an den Brüsten sieht echt aus, als hättest du ein Top an. Super.«

»Nein, leider habe ich ihn nur einmal dabei. Ein zweites Exemplar habe ich meiner kleinen Schwester geschenkt.«

»Na, die Glückliche, mit fünfzehn wusste ich noch nicht einmal, was ein Catsuit ist.«

»Aber Sex hattest du doch schon früher, oder?«, frage ich.

»Klar doch, mit dreizehn, aber da kannte ich nur Strumpfhosen.«

»Hattest du bei deinem ersten Sexerlebnis eine Strumpfhose an?«, will ich wissen.

»Ja, ein Nachbarjunge streichelte meine Beine und da konnte ich mich nicht zurückhalten. Du auch?«

»Ja, ich war total verliebt in meinen Klavierlehrer und bin mit ihm öfter ins Theater gegangen. Nach einer Aufführung ist es dann passiert.«

»Oh lala, mit dem Klavierlehrer... das musst du mir unbedingt mal erzählen, Valerie.«

»Klar, gerne, aber jetzt muss ich wissen, was ich dazu anziehen soll. Was hältst du von diesem Minirock«, frage ich und halte einen schwarzen Stretchrock hoch.

»Zieh ihn mal an. Ich glaube, das passt super geil zusammen.«

»Oh, ja! Du siehst super aus.«

»Danke.«

»Soll ich Sandalen anziehen?«

»Oh ja, das mache ich auch. Die meisten Girls wissen nicht, wie geil die Männer sind, die darauf stehen.«

»Das stimmt, die wissen sowieso nicht, welche Möglichkeiten sich mit Strumpfhosen eröffnen. Männer, die auf Strumpfhosen stehen, sind zärtlicher und ausdauernder als die meisten Anderen.«

»Genau! Ich denke, wir haben mit unserem Nylon-Outfits die besten Karten heute Abend.«

Claudia holt aus ihrem Koffer ein Straps-Set und halterlose, cremefarbene Feinstrümpfe mit breitem Spitzenbund. Sie zieht die Strümpfe über ihre rot-lackierten Zehen und befestigt die Spitzenbünde an den Strapshaltern.

Sie sieht bezaubernd aus.

Dann holt sie ein goldenes, glänzendes Minikleid aus dem Schrank und zieht es an. Es hat einen tief geschnittenen Ausschnitt, in dem ihr Dekolleté bestens zur Geltung kommt. Das Kleid fällt so sanft über ihren perfekten Körper, dass mir der Atem stockt. Ich umarme sie und fasse ihr an den Po. »Hey, auch ohne Slip?«

»Ja klar, ich bin verrückt nach einer heißen Nacht!«

Fertig gestylt, machen wir uns auf den Weg ins Foyer und dann zum Taxi. Der Fahrer wartet schon auf uns. Seine Augen werden ganz groß, als er uns sieht.

Während wir einsteigen, kleben seine Blicke unter unseren Röcken. Er wird fast rot, als er erkennt, dass wir ganz nackt zwischen den Beinen sind. Wir kümmern uns nicht um ihn und freuen uns auf die Party.

Die Taxifahrt dauert nicht lange. Vor dem Studio 54 führt uns ein roter Teppich direkt zu den Nebenräumen. Im Eingang drängeln sich schon eine Menge netter Stewardessen in kurzen Kleidern. Die Bodyguards ringsherum haben sichtlich Spaß. Sie stehen direkt in Augenhöhe mit den Beinen der Frauen, weil alle Gäste eine Treppe hoch gehen müssen.

Sie haben freie Sicht unter ihre Röcke.

Wir müssen vor der Eingangskontrolle stehen bleiben. Vor uns sind bestimmt noch einhundert Gäste dran.

Ich schaue nach unten zu den Bodyguards und erwische einen, wie er mir unter meinen Rock guckt und gleichzeitig mit seiner Hand in seiner Hosentasche hantiert. Ich stupse Claudia an und wir amüsieren uns köstlich darüber. Der Kerl holt sich eindeutig einen runter bei unserem Anblick. Das haben wir auch noch nie erlebt. Plötzlich verschwindet er und wir ahnen wohin.

Jetzt warten wir schon eine Viertelstunde und kommen zur Eingangskontrolle. Dort müssen die Dienstausweise vorgezeigt werden. Direkt vor uns versuchen zwei Mädchen in kurzen Jeansröcken und nackten Beinen hereinzukommen. Ich kann mir aber nicht vorstellen, dass das Kolleginnen sind. Flugbegleiterinnen tragen immer Nylons – immer! Der Türsteher prüft ihre Ausweise und schüttelt den Kopf. Offensichtlich arbeiten die beiden nur in der Gepäckabfertigung. Sie sind garantiert nicht für den Empfangsbereich zuständig, denn dann wüssten sie den Dress-Code. Wahrscheinlich arbeiten sie als normale Abfertigerinnen an den Kofferbändern. Tja, die Party ist aber nur für Personal mit Kundenkontakt. Wütend und keifend werden sie von zwei Türstehern aus dem Gebäude verwiesen.

Jetzt sind wir dran. Der Türsteher entschuldigt sich bei uns für das Benehmen der beiden Girls und bittet uns hinein, ohne überhaupt unsere Ausweise gesehen zu haben.

Dann folgt die Sicherheitskontrolle: Zwei ältere Frauen in Stewardessenuniform führen uns hinter eine spanische Wand, um uns mit ihren Händen abzutasten. Mit beiden Händen gleitet meine Kontrolleurin von meinem rechten Fuß, mein Bein entlang, bis in meinen Schritt hoch. Dabei berührt sie meine Schamlippen, da ich ja keinen Slip anhabe. Sie stutzt kurz und flüstert ein kurzes »Sorry«. Bei meinem linken Fuß macht sie das gleiche, jedoch kostet sie es aus, besonders lange mit den Händen unter meinem Rock gegen meine etwas feuchten Genitalbereich zu drücken. Sie lächelt mich an und fährt mit dem Betasten meiner Brüste fort. Sie lässt sich auch dabei sehr viel Zeit. Es macht ihr offensichtlich Spaß. Und ich finde es auch erregend. Irgendwie sind hier alle Leute ziemlich erotisiert. Das wird bestimmt eine super Party!

Der Club ist gut belüftet und hat eine kleine Tanzfläche in der Mitte. Rundherum sind Stehtische und ein paar Sesselecken. Etwas weiter hinten sind kleine Separées zum Kuscheln. An den Seiten sind zwei Theken, hinter denen sehr hübsche Kellner arbeiten. Sie haben alle einen freien Oberkörper. Sie sind sehr gut gebaut. Nicht zu muskulös, wie Bodybuilder, eher wie gut trainierte Schwimmer. Leider kann ich noch nicht sehen, was sie untenherum an haben.

Fast alle Sitzmöglichkeiten sind bereits besetzt. Überall sitzen wunderschöne junge Frauen in kurzen Röcken. Claudia und ich können gar nicht anders, als unseren Kolleginnen unter die Röcke zu schauen. Nur bei wenigen kann man eindeutig Slips erkennen. Aus der Entfernung ist es zu schwer zu erkennen, ob es hautfarbene Slips sind oder doch keine.

Die Musik ist super. Ein Mix aus Vocal-House und Blues. Die Tanzfläche ist voll von Girls aller Kontinente: Zierliche Asiatinnen in besonders kurzen Röcken, große blonde Russinnen mit großen Oberweiten und hohen Schlitzen in den Kleidern, feurige Italienerinnen mit schwarzen Strumpfhosen und transparenten Oberteilen sowie obercoole Afrikanerinnen mit Hotpants und superknappen Bikinioberteilen.

Um die Tanzfläche herum stehen die Männer und sind begeistert.

Wir stellen uns an einen Stehtisch neben dem Thekendurchgang der Kellner. Jetzt kann ich auch sehen, was die knackigen Jungs vom Service unten tragen: weiße Stringtangas, sehr knapp. Ich stupse Claudia an und deute auf den String eines Kellners. Er hat eine beachtliche Beule, die seinen Tanga füllt. Ich bekomme wahnsinnige Lust, diesen Kellner dort anzufassen, wenn er bei mir vorbeikommen sollte.

Als ob er es geahnt hätte, kommt er auf uns zu und deutet an, dass er zwischen uns durch möchte. Er trägt ein riesiges Tablett mit ausgestreckten Armen über seinem Kopf, weil es sonst zu eng wäre durch die Menge zu kommen. Eine tolle Gelegenheit. Ich mache den Weg noch etwas enger und berühre ganz zufällig seinen Penis.

Er bleibt kurz stehen, schaut mir in die Augen und sagt:

»Hey, hey, wenn ich zurück komme, machst du das noch mal, aber etwas länger, OK?«

Ups, da hat er mich ertappt. Mehr als ein verschüchtertes »Okay« bringe ich allerdings nicht raus.

Sollte ich schon nach fünf Minuten Aufenthalt Sex haben?

Doch Claudia zieht mich auf die Tanzfläche. Es ist wohl ihr Lieblingssong. Wir tanzen unaufhörlich. Ein etwas verschüchterter, ziemlich altmodisch angezogener Verehrer gibt uns derweil immer wieder Getränke aus. Wir tanzen durch und er reicht uns auf Aufforderung die Gläser auf die Tanzfläche. Er ist ein echter Fan von uns und hat besonderen Spaß daran, uns beim Tanzen zuzusehen. Insbesondere liebt er unsere Füße, die ihn in unseren Riemchensandalen und den Strumpfhosen wohl sehr erregen. Nach zwei Stunden Durchtanzen tun mir die Füße weh. Kein Wunder bei Zehn-Zentimeter-Absätzen. Ich stelle mich zu unserem Verehrer – er heißt Hans – und umarme ihn. Mit einem Kuss auf den Mund bedanke ich mich bei ihm für den tadellosen Service. Er strahlt über beide Ohren. Er ist wirklich nicht hübsch, aber freundlich. Nach acht Martini Bianco stört es mich auch nicht, dass er mir manchmal heimlich von hinten unter den Rock greift. Ich tue so, als würde ich es nicht merken. Doch dann traut er sich etwas:

»Sag mal, Valerie, darf ich mir etwas von dir wünschen?«

»Na klar, was denn?«
»Deine Füße tun dir doch so weh, stimmt's?«
»Ja, sehr.«
»Wenn du willst kann ich sie dir massieren.«
»Oh, ja, lieber Hans, das wäre super!«, rufe ich euphorisch.
»Dann kannst du Claudias auch gleich mit machen.«
»Na klar!«, freut sich Hans und seine Augen fangen an zu funkeln.

Wir gehen hinter die Bar in ein weniger gefülltes Separee und setzen uns hin. Claudia und ich nebeneinander, Hans gegenüber. Hans nimmt meinen rechten Fuß und hebt ihn an. Dabei hat er einen klaren Blick unter meinen Rock. Er sieht, dass ich keinen Slip an habe, sagt aber nichts. Er öffnet die Riemchen meiner Sandale und riecht dabei an meinem Fuß. Er ist sichtlich erregt. Seine Hose wölbt sich auffällig. Claudia und ich sehen es und kichern. Jetzt nimmt er den Fuß von Claudia und öffnet auch die Sandale. Auch bei Claudia schaut er unverhohlen zwischen die Beine. Er massiert unsere Füße abwechselnd mit beiden Händen. Dabei sagt er immer wieder, wie sehr er es liebt, Frauenbeine in Strumpfhosen zu berühren. Er wird immer erregter und fasst sich manchmal an seine Hose. Plötzlich sehen wir, wie sich ein großer dunkler Fleck vorne auf seiner Hose ausbreitet. Seine Hoden haben sich wohl aus Platzmangel in seiner Hose entladen. Er ist gekommen, ohne einmal unsere Oberschenkel berührt zu haben. Als er erkennt, dass wir es bemerkt haben, steht er plötzlich auf und verschwindet.

Claudia und ich wundern uns und kichern. Schade eigentlich, dass er jetzt weg ist, er hat gut massiert.

Offensichtlich hat uns jemand beobachtet, denn kurz darauf steht ein etwas besser aussehender Asiat vor uns und fragt uns auf gebrochenen Englisch, ob er auch mal massieren dürfe. Wir nicken beide und das Spiel geht von vorne los.

Während mir der Mann die Füße massiert und manchmal auch daran riecht und leckt, beobachte ich direkt gegenüber eine junge Kollegin, die mit ihren Händen den Schoss eines farbigen Gastes massiert. Jetzt holt sie seinen Penis raus und beginnt ihn zu blasen. Claudia hat es auch schon bemerkt: »Valerie, jetzt geht es los hier. Was eine Show!«

Ich nicke, vermeide aber weitere Konversation, da es viel zu laut ist, um zu reden. Zudem ist es super erregend, Live-Sex vor sich zu haben und gleichzeitig die Beine massiert zu bekommen. In dem Moment fällt mir erst auf, dass der junge Asiat sein Finger fast nur noch unter meinem Rock hat. Ich halte ihn zurück und deute mit hochgezogenen Augenbrauen auffordernd auf meine Füße. Er nickt untertänig und zieht seine Hände zurück. Dafür beginnt er, meine Füße zu lecken und zu küssen. Ich lasse ihn.

Währenddessen ist der Blowjob voll im Gange. Die junge Frau kniet jetzt vor ihm, ihren Po direkt auf uns gerichtet. Wir haben vollen Blick auf ihren nackten Po. Sie trägt, genau so wie Claudia, Strapse mit Damenstrümpfen. Ihre Muschi ist gerade mal einen Meter von uns entfernt. Der Asiat bemerkt, dass Claudia und ich gespannt auf das Treiben hinter ihm blicken. Er dreht sich um und lässt abrupt meinen Fuß fallen. Er kniet ja schließlich direkt auf der Höhe des Hinterteils der knienden Frau. Es kommt, was kommen musste: Er berührt sie mit der Hand zwischen ihren Beinen. Er fasst ihr direkt zwischen die Schamlippen, die sich schon vor Feuchtigkeit auseinandergezogen haben. Ich traue meinen Augen nicht. Der Schwarze, der das sofort sieht, fordert ihn nickend auf, weiter zu machen. Daraufhin steckt unser »Fußmasseur« gleich einen zweiten Finger in ihre Muschi. Und was macht sie? Sie drückt begierig ihren Po gegen seine Hand. Was für eine geile Szene. Es wird immer heißer: Immer mehr Leute stehen um uns herum und beobachten die Frau, wie sie den schwarzen, langen Schwanz im Mund und die mittlerweile drei Finger des

Asiaten in ihrer Vagina hat. Unser asiatischer Freund hat mittlerweile auch seinen Penis freigelegt und masturbiert. Plötzlich sehen wir, dass der Amerikaner sein Gesicht verzieht, als ob er kommen würde. Es sieht nicht nur so aus. In diesem Moment zieht er seinen Penis aus ihrem Mund und spritzt seinen weißen Saft über das Mädchen und den Asiaten herüber bis auf meine Beine.

Uh, das war ein heißer Schuss.

Doch was jetzt passiert, ist der absolute Hammer. Der Asiat dreht sich zu mir um und spritzt seinen Saft auf meine und Claudias Beine. Ein Raunen geht durch die Menge. Ich fühle mich wie in einem Hochglanz-Porno. Exzesse, wie ich sie noch nie gesehen habe. Der Höhepunkt ist, dass das Mädel sich zu uns begibt und das Sperma von beiden Männern von unseren Beinen leckt. Oh Mann, ist das crazy! Claudia und ich sitzen längst regungslos da und wissen gar nicht, wie uns geschieht. Irgendwie ist das zu viel für uns.

Ich stehe auf, nehme Claudia an der Hand und ziehe sie vom Separee weg. Wir fliehen in Richtung Damentoilette. Doch davor ist eine lange Schlange wartender Sexbomben. Die meisten Mädels gehen auf die Männertoilette und stellen sich rückwärts zu den Pissoirbecken der Männer. Währenddessen schauen ihnen eine ganze Menge geiler Typen zu. Sie haben zum Teil ihre Stäbe aus den Hosen genommen und onanieren. Die jungen Dinger ziehen sich ja auch die Röcke hoch und die Slips runter, um zu urinieren. In den Kabinen hören wir starke Sexgeräusche. Das schlagen von Körpern gegen die Wand und lustvolles Stöhnen.

Wir beide müssen auch so dringend, dass wir uns ebenfalls beim Pinkeln beobachten lassen. Wir ziehen die Röcke hoch und beobachten dabei, wie zwei Männer in unsere Richtung ejakulieren. Schon wieder landet heißes Sperma auf meinem Catsuit.

Es ist schon nach drei Uhr und wir sind hundemüde von all den aufregenden Erlebnissen auf dieser Party. Ehrlich gesagt, ist das ein Prise zu viel Orgie für mich. Ich habe nichts dagegen, mit zwei Männern Sex zu haben, aber mit fünfzig Zuschauern – das verkrafte ich heute nicht.

Ich stimme mich mit Claudia ab, dass wir ein Taxi zum Hotel nehmen. Sie ist einverstanden.

Doch auf dem Weg zum Ausgang hält mich plötzlich ein Mann am Arm fest.

»Hey! Kleine. Du wolltest mir doch noch mal meinen Slip streicheln!«

Es ist der süße Kellner vom Anfang der Party.

»Hi, ähm, ja.«

»Komm' kurz mit um die Ecke«, sagt er und zieht mich hinter sich her. In einer Nische am Eingang sind wir alleine. Er küsst mich und flüstert mir ins Ohr: »Du bist die schönste Frau der Party. Bitte hol' mir einen runter, ja?«

Ich lächle, nicke und küsse ihn auf den Mund. Dabei greife ich unter seinen Slip und beginne, seinen steifen Penis zu reiben. Ich wichse ihn sehr schnell aber zärtlich. Es dauert nur wenige Sekunden und er spritzt seine Ladung auf meinen Bauch und Busen.

Jetzt habe ich auf dem ganzen Catsuit Sperma von fünf verschiedenen Männern, ohne dass ich wirklich Sex hatte.

Er bedankt sich bei mir, steckt mir seine Visitenkarte zu und verschwindet.

Ich bin zwar total erregt, aber viel zu müde, um jetzt noch zum Orgasmus zu kommen.

Claudia, die uns beobachtet hat, nimmt mich diesmal an die Hand und führt mich raus ins Freie vor dem Klub.

»Geile Party, oder?«, fragt sie.

»Oh, Mann, ja, aber ein bisschen too much für mich!«, antworte ich und wir steigen lachend und erschöpft in das wartende Taxi.

Als wir im Hotelzimmer ankommen, fallen wir beide todmüde ins Bett, ohne uns auszuziehen oder zu waschen.

Der beste Freund

Als ich aufwache ist es zwei Uhr nachmittags. Claudia liegt direkt neben mir, mit ihrem süßen nackten Po in meine Richtung. Ich schaue ihn mir genau an. Sie dreht sich zur Seite und spreizt dadurch ihre Beine etwas. Ich sehe ihr Poloch und ihre Schamlippen. Ich sehe auch, dass sie feucht ist. Ich greife kurz in das Loch meines Catsuits und fühle ebenfalls, dass ich ziemlich erregt bin.

Claudia schläft noch und ich kann nicht widerstehen. Ich streichele über ihre Nylonbeine und halte kurz vor ihrem Po an. Dann fasse ich ganz leicht zwischen ihre Schamlippen. Meine Finger gleiten spielend leicht in sie hinein. Claudia atmet kurz auf, schläft aber weiter. Es erregt mich wahnsinnig, sie anzufassen, ohne dass sie es merkt. Vielleicht träumt sie ja jetzt von einem Mann, der sie anfasst. Es kommt mir eine Idee: Ich greife neben mich in das Nachtschränkchen und hole meinen kleinen, goldenen Vibrator aus der Schublade. Er ist mein bester Freund, wenn ich unterwegs bin. Er stellt keine Fragen und macht genau, was ich will. Ich nehme ihn kurz in den Mund, um ihn zu befeuchten. Dabei merke ich, dass er viel zu kalt ist, um ihn bei Claudia zu benutzen. Deshalb stecke ich ihn kurzerhand zuerst in meine Muschi. Hm, es ist toll, er ist so hart und ich kann meine Muskeln fest an ihn drücken. Ich spüre, wie meine Säfte kommen. Ich ziehe ihn heraus und halte ihn gegen meine Wange. Er ist jetzt warm. Claudia hat ihre Position im Schlaf nicht verändert. Sie liegt auf dem Bauch und hat ihren Po in meine Richtung gestreckt und dabei ein

Bein vorne weg gespreizt. Ihre Muschi ist offen für alles. Ich mache den Vibrator an und stecke ihn langsam in ihre Lustöffnung. Ich drücke ihn in sie hinein. Er verschwindet ganz leicht in ihr, so feucht ist sie. Ich stoße ihn rein und raus. Claudia beginnt zu stöhnen. Währenddessen rieche ich den Duft des Spermas vom Kellner der letzten Nacht. Der Geruch erregt mich wahnsinnig. Ich hätte jetzt so gern seinen großen Schwanz tief in mir drin.

Jetzt wacht Claudia auf und erschrickt.

»Hey, du, was machst du? Ich hab geträumt dass ich auf der Party von fünf Männern genommen werde. Hm, aber was du da machst, ist ja noch viel schöner... mach weiter so.«

Sie dreht sich zu mir um und spreizt ihre Beine weit.

»Der Vibrator ist ja süß, willst du, dass ich dir meinen zeige?«

»Ja klar, zeig mal«, antworte ich erregt.

Sie nimmt ihn aus ihrem Nachttisch und leckt in kurz an. Er ist riesig groß, eine Nachbildung eines schwarzen Pornodarstellers.

»Willst du ihn in dir spüren?«, fragt sie.

»Oh, ja bitte, steck ihn mir rein. Ich bin total erregt«, fordere ich sie sehnsüchtig auf.

Wir legen uns in der 69er Stellung nebeneinander und stecken uns gegenseitig die Vibratoren in unsere tropfnassen Vaginas. Mit einer Hand stoßen wir die Teile in uns hinein und mit der anderen streicheln wir über das seidige Nylon unserer Strumpfhosen. Es dauert nur wenige Sekunden, bis wir kurz nacheinander wundervolle Orgasmen haben.

*

Den Rest des Tages müssen wir uns wieder auf den Rückflug nach Paris vorbereiten. Eins steht aber fest: Den nächsten Orgasmus wollen wir wieder von Männern bekommen. Am besten in Paris!

Die Messe-Hostess

Die Party

Endlich ist wieder Party-Zeit. Ich sitze neben meiner besten Freundin Corinna und amüsiere mich über zwei etwas ältere Männer in einer Ecke. Sie tragen Business-Klamotten mit weißen Hemden und Krawatten.

Corinna fragt: »Ob die immer so herumlaufen oder hatten die keine Zeit sich umzuziehen?«

»Hm, keine Ahnung. In so was würde ich Martin nie hinein bekommen.«

»Ja, das passt doch auch nicht zu deinem Hardrock-Freund.«

»Das stimmt, das würde er nicht einmal mit der Zange anfassen. Dabei finde ich die Typen sehen gar nicht so übel darin aus«, antworte ich, während die beiden Anzugtypen interessiert zu uns herüber gucken. Offenbar merken sie, dass wir uns über sie unterhalten. Eigentlich kein Wunder, denn wir schauen ja auch ständig zu ihnen rüber.

»Aber Nadja! Was ist denn mit dir los? Als alte Ökotante und Rockerbraut willst Du doch nicht etwa sagen, dass du die heiß findest?«

»Weiß nicht!«

»Weißt du nicht? Die sind doch bestimmt todlangweilig. Dein Martin macht geile Mucke und ist ein cooler Drummer in einer Heavy-Metal Band. Einen heißeren Typen kann man sich doch gar nicht angeln!«

»Willst du ihn haben?«

»Holla, was ist das denn für eine Antwort?«

»Na ja, wenn ich ehrlich bin, ist er nicht so heiß, wie du

glaubst.«

»Ne, wirklich?« flüstert sie erschrocken und überaus neugierig in mein Ohr. »Erzähl! Ist er langweilig im Bett?«

Ich grinse, »wie kommst du denn gerade genau auf diesen Punkt?«

»Ich weiß nicht. Nur eine Vermutung. Wie heißt es so schön: Stille Wasser sind tief. Aber Martin ist nun überhaupt nicht still.« Sie lacht. »Entschuldige, dass ich lache!«

»Ist schon in Ordnung. Was mir auffällt, ist, dass mich Martin noch nie so angesehen hat, wie die Männer da.«

»Du meinst diesen Blick auf deine Beine? Denen gefallen bestimmt dein kurzer Rock und die schwarze dünne Strumpfhose. Das sind die sicher vom Büro gewohnt, dass die Sekretärinnen sich so kleiden.«

»Ja, diesen Blick meine ich. Der ist so lüstern, so geil. Als wollten sie mir unter den Rock greifen und mich dort streicheln.«

Corinna lacht laut auf: »Ja, ich wette, genau das wollen sie auch!«

»Ja! Siehst du!«

»Was meinst du, Nadja?«

»Das hat Martin noch nie gemacht!«, rufe ich empört aus.

In dem Moment kommt Martin an mir vorbei und fragt: »Was habe ich noch nie gemacht?«

»Mir unter den Rock geguckt auf einer Party!«

»Na und, Schatz? Das machen doch schon die Typen da drüben. Das ist nicht mein Job«, sagt er völlig gleichgültig und geht weiter.

Corinna und ich schauen uns verdutzt an.

»Was war das denn?«, fragt sie mich mit einem entsetzten Blick. »Der findet sich wohl ober-cool.«

»Ja, das war doch echt völlig daneben, oder?«

»Ja, total! Ich würde ihm am liebsten eine scheuern. Dumm-dreist! Stimmt was zwischen euch nicht?«

»Tja, wir sind vielleicht schon zu lange zusammen. Er hält sich für den König wegen seiner Musik und so. Aber im Bett ist er eine absolute Niete!«

»Wirklich?«

»Oh, ja. Das muss aber unter uns bleiben: Wenn ich mir beim Sex mit ihm nicht immer gleichzeitig meinen Kitzler reiben würde, wäre ich noch nie bei ihm gekommen.«

»Was? Das ist ja furchtbar! Kann er das nicht machen?«

»Er merkt das noch nicht einmal. Ich bin überzeugt, dass es ihn gar nicht interessiert.«

Plötzlich steht einer der Schlipsträger vor uns und fragt: »Ihr habt so lange nicht mehr zu uns rüber geguckt. Da wollte ich mal fragen, woran es liegt. Haben wir was falsch gemacht?«

Wir lachen.

»Ich bin Robert, kannst mich aber auch Robby nennen«, fügt er mit einem Augenzwinkern hinzu. Dabei schaut er mich bewundernd an.

»Und bevor ich es vergesse, zu sagen: Du bist du schönste Frau des Abends. Deine Augen und deine Beine haben es mir besonders angetan. Beide glänzen so schön.«

»Oh, danke für das Kompliment. Als ich die Strumpfhose heute gekauft hatte, war ich mir nicht sicher, ob sie nicht ein wenig zu viel glänzt.«

»Nein, absolut perfekt. Eine gute Wahl.«

Ich grinse. »Was machst du beruflich?«

»Ich arbeite in der Werbebranche. Und du?«

»Ich studiere Biologie.«

»Oh, cool. Das ist bestimmt interessant.«

»Na ja, es geht. Immer diese Bienen und die Blumen, und so.«

Wir lachen.

Ich schaue mich um: Corinna hat sich heimlich und leise verzogen.

»Oh, meine Freundin ist weg.«

»Macht doch nichts. Du reichst mir voll und ganz. Sollen wir auf den Balkon gehen? Es ist ziemlich verraucht hier. Du rauchst doch auch nicht, oder?«

»Ja, stimmt.«

Das hat er gut beobachtet. Martin ist ein Kettenraucher und interessiert sich nicht die Bohne dafür, dass ich es nicht mag.

Wir gehen auf den Balkon und sind allein.

»Möchtest du einen Prosecco? Ich gehe schnell welchen holen«, fragt er sehr freundlich.

»Oh, ja gern.«

Er geht und lässt mich alleine in der dunklen Sommernacht. Ich schaue durch das Fenster zur Partygesellschaft und beobachte meinen Freund – wie immer mit einer Zigarette, einer Flasche Bier und einem Kumpel im Arm – auf dem Sofa sitzen. Er ist in seiner Welt – und ich weiß nicht, ob sie mir noch gefällt oder jemals wirklich gefallen hat. Robby kommt mit zwei gefüllten Gläsern zurück und wir prosten uns zu.

»Darf ich dich etwas fragen?«

»Nur zu«, ermutige ich ihn.

»Du bist eine bezaubernde und wunderhübsche Frau mit einer super Figur. Wir suchen für unseren Messestand auf der Industriemesse in Hannover noch eine Hostess. Hast du nicht Lust, einen Ferienjob bei uns zu machen? Es sind doch jetzt Semesterferien, oder?«

»Ja, es sind Ferien.«

»Oder willst du verreisen?«

»Nein, ich würde schon, aber das Geld ist zu knapp. Du weißt ja: Schuhe sind immer so teuer«, antworte ich mit einem bedauernden Lächeln.

»Na, dann wäre doch so ein easy Job bei uns gerade richtig! Du brauchst nichts zu machen, außer hübsch zu sein und am Abend auf die Partys unserer Kunden zu gehen.«

»Mehr nicht? Keine Beratungsgespräche?«

»Oh, nein. Für die fachlichen Fragen haben wir unsere netten Mitarbeiterinnen. Leider sind die nicht ganz so hübsch. Wir brauchen noch eine richtig Hübsche, so eine wie dich. Bei der die Männer in Ohnmacht fallen und dann erst begreifen, dass sie nicht im Himmel sind, sondern auf unserem Messestand!«

Wir lachen.

»Und was bekomme ich pro Stunde?«

»Das können wir noch aushandeln. Aber zweihundert Euro pro Tag ganz bestimmt. Allerdings hat es auch einen Haken.«

»Welchen?«

»Du hast leider keine freie Kleiderwahl. Du musst unsere Firmenuniform anziehen.«

»Das ist doch kein Problem. Selbst wenn ich im Bunnykostüm rumlaufen müsste, würde ich den Job gern machen. Oder ist es etwa völlig durchsichtig? Ein bisschen durchsichtig ist okay, aber bitte nicht nur in Chiffon. Dann könnte ich ja gleich nackt rumlaufen.«

»Auf welche Ideen du kommst: ein Chiffon Kleid, völlig transparent. Coole Idee!«

Er lacht.

»Hey, das war kein Vorschlag. Ich frag doch nur«, erwidere ich vehement und haue leicht auf seinen Oberarm.

»Aua!« antwortet er übertrieben und schlägt ganz leicht auf mein Knie zurück, lässt seine Hand aber dann auf meinem Bein liegen.

»Oh, du hast aber schöne warme Hände, Robby«, rutscht es mir fast zu vertraulich heraus.

»Danke. Die Strumpfhose fühlt sich aber auch gut auf deinem Oberschenkel an.«

Wir halten kurz inne.

Doch bevor die Stille etwas peinlich wird – denn ich spüre eine hohe Anziehungskraft zu ihm – werfe ich schnell ein: »Aber Strumpfhosen soll ich doch immer tragen, oder?«

Er lässt seine Hand auf meinem Bein und antwortet: »Ja, das auf jeden Fall.«

»Na, dann hab ich ja schon genug an. Ehrlich gesagt: je heißer ich gekleidet bin, desto mehr wird mir der Job Spaß machen. Ich habe die Studentinnen-Outfits in Jeans und langem Wickelrock absolut satt.«

»Soll das heißen: Du nimmst den Job?«

»Ja, super gerne. So viel Geld am Tag verdiene ich sonst nirgendwo.«

»Dafür musst du aber auch abends arbeiten.«

»Das ist völlig in Ordnung. Ich werde sowieso meinen Freund nicht mitnehmen. Von dem brauche ich wirklich mal eine Pause. Wie lange ist die Messe?«

»Zehn Tage.«

»Nur? Schade, ich bräuchte mal vier Wochen eine Auszeit.«

Wir lachen.

»Mal sehen, manchmal gehen wir im Anschluss der Messe mit den Großkunden noch auf Reisen. Dann könntest du uns auch begleiten.«

»Oh, einen Begleitservice machst du auch noch?«

»Nein, nein, bitte nicht falsch verstehen, Nadja«, sagt er und hebt abwehrend seine Hände.

»Keine Sorge, ich hab kein Problem damit. Escort habe ich zwar noch nie gemacht – außer bei meinem Freund«, ergänze ich lachend.

Er schüttelt den Kopf und schaut mich ziemlich verknallt an: »Du bist echt eine tolle Frau: so sexy und so schlagkräftig. Hier ist schon mal meine Karte, ruf mich doch bitte morgen an. Die Messe öffnet bereits übermorgen.«

»Danke. Das mache ich. Aber was ich noch sagen wollte: Ich bin vor allem unkompliziert. Du kannst mit mir offen reden und ich bin eigentlich für alles zu haben.«

Wir schauen uns an, als ob wir beide nicht verstanden hätten, was genau ich damit gemeint habe.

Dann lachen wir, stehen auf und gehen wieder in die Wohnung. Irgendwie haben wir das nicht abgesprochen. Trotzdem tun wir es, wie selbstverständlich.

Dass wir bis zur Balkontür auch noch Hand in Hand gehen, ist ein klares Zeichen einer unglaublichen Vertrautheit.

Drinnen klopft er mir mit einer Hand auf den Po und sagt: »Kümmre dich doch erst mal um deinen Freund. Sonst wird der noch sauer.«

Wir grinsen und ich nicke. Bevor unsere Wege uns trennen, fasse ich ihm noch kurz an die Schulter, als ob wir uns seit Jahren kennen würden.

Martin sitzt immer noch mit seinen betrunkenen Freunden auf dem Sofa. Er bemerkt nicht, dass ich ihn anschaue. Es vergehen bestimmt zwei Minuten, bis ich mich entscheide, nicht mehr darauf zu warten, dass er Notiz von mir nimmt.

Ich entschließe mich, mit ihm Schluss zu machen und endlich mein Leben zu genießen.

Ich werde den Job als Hostess annehmen und es so richtig krachen lassen. Ich möchte mich – vor allem sexuell – endlich mal ausleben. Und, wenn es sich ergibt, auch mit vielen verschiedenen Männern.

Ich merke jetzt erst, wie frustriert ich eigentlich bin. Wie konnte ich nur mit diesem Langweiler fast zwei Jahre zusammen sein. Er hat ohnehin nur Saufen, Trommeln und Fußball im Kopf. Im Grunde ist er ein Prolet, wie er im Buche steht, der sich hinter dem Gewand des Musikers versteckt. Armer Kerl.

Plötzlich steht Corinna wieder neben mir. »Na, meine Liebe, betrachtest du deinen Schatz von Weitem?«

»Ja, ist aber mein Ex-Schatz! Ich stehe jetzt schon fünf Minuten hier und er hat mich noch nicht einmal angesehen.«

»Gibt's doch gar nicht. Du machst wirklich Schluss?«

»Ja. Er ist jetzt schon Vergangenheit.«

»War der Robert, oder Robby, so süß?«

»Ja, wir verstehen uns prima. Aber wegen ihm trenne ich mich nicht von Martin. Aber er hat mich in der Entscheidung bestärkt.«

»Wie denn?«

»Er hat mir einen Job als Messe-Hostess angeboten.«

»Wie?«

»Seine Werbeagentur braucht noch hübsche Hostessen für die Industriemesse in Hannover.«

»Oh, wow. Kann man da gut verdienen?«

»Zweihundert am Tag.«

»Das ist super. Kann ich da auch mit? Wir haben doch Semesterferien.«

»Du kannst ihn ja mal fragen. Da hinten steht er.«

»Ja, das mache ich«, antwortet sie kurz und eilt zu ihm hinüber.

Ich beobachte die Beiden.

Corinna hat ein superknappes, buntes Minikleid an und eine hautfarbene Strumpfhose. An ihren Füßen trägt sie silbernglänzende Riemchensandalen. Sie hat eine tolle schlanke Figur und dabei große füllige Brüste, die auch ohne BH in sehr guter Form sind.

Ich grinse, als ich sehe, wie sie sich bei ihrer Unterhaltung immer wieder mit ihrem Becken gegen Robby drückt.

Er hat längst seine Hand an ihrem Po.

Jetzt lächelt er und zwinkert mir zu.

Dann kommt Corinna plötzlich auf mich zu: »Hey, Nadja, der Robby ist ein super Typ. Ich darf auch auf die Messe. Wir wollen zu ihm nach Hause, da hat er die Hostessenkostüme. Ich würde das so gern mal sehen. Willst du nicht mitkommen?«

»Oh, ja klar. Dann können wir es gleich mal anprobieren«, antworte ich begeistert, »klar komme ich mit!«

»Supi, Nadja, komm!«, ruft sie und zieht mich an der Hand zur Ausgangstür. Ich schnappe mir noch schnell meine Strickjacke und folge den Beiden ins Treppenhaus.

Als wir bei Robby im Mercedes sitzen, fällt Corinna plötzlich auf: »Nadja, du hast ja Martin gar nichts gesagt.«

»Ist doch egal. Der merkt sowieso nicht, dass ich weg bin. Der Idiot.«

Wir lachen alle drei.

Robert bemerkt: »Ich verstehe deinen Freund nicht, wie er eine so hübsche Frau so sträflich alleine lassen kann.«

»Danke, Robby, du bist lieb. Er ist ab sofort nicht mehr mein Freund. Ich bin wieder zu haben.«

»Das ist richtig geil, da werd' ich gleich darauf zurückkommen, Nadja.«

»Das kannst du gerne machen, ich bin für alles offen«, antworte ich frech und streiche dabei über meine Oberschenkel. Dabei schiebe ich meinen Rock bis zu meinem Schoß hoch.

Ich merke, dass ich dabei feucht zwischen den Beinen werde. Ich hätte nichts dagegen, wenn mir Robby noch näher käme, heute Nacht.

Bevor mir Corinna ihn wegschnappt. Sie hat offenbar auch vor, ihn zu verführen.

Der Wagen hält direkt in einer automatischen Garage eines Hauses am Stadtrand.

Wir steigen aus.

Robert fragt: »Wollt ihr euch in der Küche schon mal Sekt aus dem Kühlschrank holen und ins Wohnzimmer setzen? Dann hole ich die Messe-Kleider.«

»Ja, gute Idee!«

Wir holen eine Flasche und drei Sektgläser aus der Küche und setzen uns auf das Designer-Sofa.

An der Wand hängen Fotos von Frauen in Strumpfhosen. Er scheint ein Faible dafür zu haben. Die Bilder sind sehr erotisch.

Corinna flüstert: »Er ist ein süßer Typ, nicht wahr? Ich würde gern mit ihm fummeln. Würde es dir was ausmachen?«

»Und ich, wo bleibe ich?«

»Mir egal, willst du mitmachen?«

»Ein Dreier?«

»Ja klar, warum nicht? Wo du doch von Martin getrennt bist. Das ist doch bestimmt der Hammer für den Robby.«

»Meinst du wirklich?«

»Ja.«

»Ich schau mal, okay?«

»Klaro, aber ich gehe gleich ran. Ich bin so heiß auf ihn.«

Wenn sie wüsste, wie erregt ich schon bin.

Da kommt Robby mit den Kleiderschatullen.

»So, Ladies, ihr habt doch bestimmt beide 34/36, oder?«

Wir nicken.

»Dann zieht das doch mal an.«

Er öffnet die Kisten und überreicht uns kurze schwarze Chiffon-Kleider. Sie bestehen aus zwei durchsichtigen Lagen, die auch gemeinsam fast völlig transparent sind.

»Wow, das sind heiße Teile«, sage ich und öffne mir mein schwarzes Minikleid an der Seite. Auch Corinna öffnet den Reißverschluss am Rücken ihres Kleides.

Während sich Robby breitbeinig vor uns auf dem Sofa niederlässt, lassen wir fast gleichzeitig die Kleider über unsere nackten Körper zu Boden fallen. Wir stehen jetzt – nur mit Strumpfhose bekleidet – direkt vor ihm.

»Ich werd verrückt: Ihr tragt beide keine Unterwäsche. Ihr seid ja Traumfrauen.«

Ich schaue auf seine Hose und sehe, wie sich sein Penis

unter dem Reißverschluss aufrichtet.
Corinna bemerkt es auch:
»Gefällt dir das?«
»Wahnsinnig geil.«
Corinna will offensichtlich die Erste sein. Plötzlich kniet sie sich vor ihn und sagt fast stöhnend: »Lass mich das mal prüfen.«
Sie beginnt, mit ihren Händen seinen Unterleib abzutasten, als wolle sie prüfen, wo sein Schwanz ist. Ich bleibe fasziniert stehen und bemerke, wie Robby zwischen meine Beine sieht. »Nadja, deine Strumpfhose ist ganz feucht vorne.«
»Ja, Robby, das ist sie schon den ganzen Abend. Seit du mir unter den Rock geguckt hast.«
Jetzt öffnet Corinna seine Hose. Sein Schwanz steht hart und groß unter seiner Unterhose. Corinna beginnt, seine Unterhose auf Höhe seiner Eichel zu lecken.
Das ist ein geiler Anblick.
Ich wusste nicht, dass mich das so anmachen würde. Ich vergesse fast alles um mich herum und höre auf ihre Aufforderung: »Komm, Nadja, wir blasen ihm einen.«
Ich knie mich neben sie.
Er steht kurz auf, damit wir ihm die Hosen runter ziehen können.
Zum Vorschein kommt ein bestimmt zwanzig Zentimeter langer, knallharter, blank rasierter Schwanz, der an der Eichel schon vor Freude glänzt. Diesmal bin ich die Erste, die den wohlgeformten Prügel in den Mund nimmt.
Völlig überraschend ruft er: »Achtung, Nadja, ich komme!«
Ich kann nichts mehr antworten und ein großer Schwall seines heißen Safts fließt in meinen Rachen.
Ich schlucke und schlucke.
Es wird immer mehr.
»Hm, hm, hm«, gebe ich von mir, während ich seinen

Ständer weiter von oben bis unten in meinen Mund schiebe.

Es ist so geil.

Corinna sieht seinen Schuss in meinen Mund wohl als Startschuss für weiteres Vergnügen. Sie leckt seinen Hoden, während ich seinen Penis noch im Mund habe. Robby zuckt am ganzen Körper und stöhnt laut: »Oh, ihr seid so geil. Ich will euch beide noch zum Orgasmus bringen.«

»Oh, ja Robby, bitte fick mich!«, ruft Corinna, macht sich ein Loch in Ihre Strumpfhose und lässt sich rückwärts mit dem Po in Richtung seines Schwanzes fallen. Ich weiche mit meinem Kopf zurück und Corinna setzt sich rittlings auf seinen Schoß. Sein Ständer taucht tief in ihre klatschnasse Muschi ein. Während sie rhythmisch auf seinem Penis reitet, lutsche ich seine Hoden und ihre Schamlippen.

Das habe ich auch noch nie gemacht. Dabei fingere ich durch meine Strumpfhose in meiner Vagina.

Dann mache ich mit meinen Fingernägeln auch ein Loch in die Strumpfhose und sage: »Corinna, lass mich bitte mal.«

Sie lächelt und wir tauschen die Positionen.

Während Robby meine Brüste massiert, leckt Corinna meinen Kitzler.

Ich bin kurz davor, zu kommen.

Als ich zucke und rufe: »Ah, Corinna, Robby, ich, ich komme«, zieht sich Robby aus mir, steckt sein Glied in Corinnas Mund und schießt auch ihr sein Sperma hinein. Dabei reibt Corinna wie verrückt ihre Clitoris und schreit vor Lust.

Als ich ihr mit drei Fingern in ihre Muschi greife, zuckt ihr Oberkörper, als würde sie von mehreren Blitzschlägen getroffen.

Danach lassen wir uns erschöpft in die Arme von Robby fallen.

»Oh, Girls, ihr seid so heiß!«

Wir küssen uns abwechselnd immer wieder zärtlich mit den Zungen.

Wir übernachten zu dritt in seinem Doppelbett. Es ist kuschelig und nett.

Beim Frühstück besprechen wir alle Einzelheiten für die Messe.

Gleich morgen früh um neun sollen wir in Hannover sein.

Auf dem Messestand

Corinna und ich kommen mit dem Taxi vom Bahnhof zum Messegelände.

Am Haupteingang empfängt uns Claudia, eine Kollegin von Robby, mit einem Schild ihrer Werbeagentur.

»Hallo, ihr beiden. Seid ihr Corinna und Nadja?«

»Ja«, antworten wir gleichzeitig.

»Schön, dann kommt mit. Ich zeige euch, wo ihr euch umziehen könnt. Wir haben einen separaten Umkleideraum auf unserem Stand.«

Wir folgen ihr.

Noch sind kaum Leute auf der Messe.

Die Besucher kommen wohl erst ab zehn Uhr hinein.

Es ist also noch genug Zeit fürs Umziehen.

»So, euch beide hat Robby entdeckt, oder?«

»Ja, das kann man so nennen«, antworte ich und wir grinsen.

»Ja, ja, unser Robby ist ein schlimmer Finger«, sagt Claudia mit einem wissenden Schmunzeln.

»So schlimm sind seine Finger nicht«, murmelt Corinna verschmitzt.

Wir lachen.

»So, da sind wir. Ich hoffe es macht euch nichts aus, dass wir die Umkleide auch als Lagerraum für die Prospekte nutzen. Wenn mal ein männlicher Kollege reinkommen sollte, schickt ihn einfach raus.«

»Kein Problem, so schüchtern sind wir nicht«, antwortet Corinna.

»Das ist schön, wir sind alle ziemlich locker hier im Team.«

»Cool«, füge ich hinzu.

»So, hier sind die Kleider und die Strumpfhosen. Im Schrank haben wir noch ganz viele als Ersatz. Die gehen ja doch ziemlich oft kaputt. Passt vor allem auf den hohen Barhockern vorne an der Theke auf. Dort schützt das Kleid nicht an der Kante, weil es meist sehr hoch rutscht. Ich hoffe, es macht euch nicht so viel aus, wenn die Männer hier unter eure Röcke gucken. Das machen die nämlich fast ständig.«

»Nö, kein Problem«, antworte ich, während wir uns die Strumpfhosen über unsere nackten Pos ziehen, und bemerke, dass ich beim Gedanken daran schon wieder richtig feucht im Schritt werde. Wir ziehen uns gerade die Chiffonkleider über, da kommt Robby in die Umkleide.

Er begrüßt uns mit »Hey, Ihr Süßen« und drückt uns nacheinander einen dicken Kuss auf die Wangen. Dabei fasst er nicht nur Corinna und mir an den Po, sondern auch Claudia. »Sie hat wohl auch schon mit ihm geschlafen«, denke ich nur.

»Ich habe leider gar keine Zeit für Euch. Ich habe den ganzen Tag Termine mit Kunden. Wenn Männer euch ansprechen, fragt sie bitte als aller Erstes, ob sie schon mit unserer Agentur arbeiten. Wenn nicht, kümmert euch ganz besonders um sie. Macht sie heiß. Ich hab ja schon gesehen, dass ihr keine Slips unter den Strumpfhosen tragt. Das ist super! Ladet sie zu unserer Party morgen Abend ein. Zwanzig Uhr im Hyatt Hotel. Dort sind wir heute auch schon alle bei einem unserer Großkunden eingeladen. Wir gehen heute um neunzehn Uhr direkt rüber. Ihr könnt euch vorher hier in der Umkleide frisch machen. Es wird ein langer Tag. Aber lasst es locker angehen! Ich wünsche Euch viel

Spaß. Ach – und vergesst bitte nicht, den Herren was zu Trinken anzubieten.«

Wir nicken und winken ihm kurz zum Abschied, als er den Raum verlässt.

»Okay«, ergänzt Claudia, »wenn es fachliche Fragen gibt, schickt sie zu mir. Ihr könnt auch gern dann dabei sein. Das freut die Kunden bestimmt. Ansonsten setzt euch doch jetzt einfach auf die Barhocker vorne am Stand. Und – nicht vergessen – zeigt eure Beine!«

»Na, klar«, kommt es wie aus einem Munde von Corinna und mir zurück.

Wir setzen uns, wie gewünscht, an die Theke vorne am ziemlich großen Messestand der Agentur.

Wir sind eine sehr elegante Erscheinung: ganz in Schwarz mit einem roten Seidenschal und einem angesteckten Namensschild. Unsere Brust kann man, je nach Lichteinfall einer der hellen Spots, sehr gut erkennen. Vor allem die Brustwarzen scheinen dann durch.

Wir sind ein wahnsinnig erotischer Anblick.

Ich freue mich schon, wenn die Messebesucher kommen.

Ob sie eher schüchtern sind oder direkt auf uns zu kommen?

Ob sie uns anfassen?

Es ist so aufregend und erotisierend.

Die Blicke der Männer

Es ist kurz nach zehn, als die ersten Geschäftsleute an unserem Stand vorbeischlendern. Wenn sie uns sehen, bleiben alle stehen und betrachten uns intensiv. Ihre Augen wandern von unserer Brust auf unsere Füße und von da genüsslich über unsere Strumpfbeine direkt unter unseren Rock. Dort bleiben sie.

Langsam bildet sich schon eine Traube von Betrachtern. Leider aber in einem Sicherheitsabstand von etwa fünf Metern. Direkt zu uns zu kommen, traut sich zunächst keiner.

Doch dann nähert sich der Erste.

»Hallo, Sie sehen aber toll aus. Ihr Outfit ist ein wahrer Hingucker.«

»Oh, danke!« antworte ich sehr freundlich und gehe mit einer Hand durch mein Haar. Der Mann stellt sich ganz nah an mich heran und berührt – wie zufällig – meinen Oberschenkel mit der Außenfläche seiner rechten Hand.

»Sorry«, entschuldigt er sich kurz, doch ich fasse ihn am Arm an und sage nur leise »kein Problem«.

Das hat ihn so heiß gemacht, dass ich spüre, wie er einen Steifen unter seiner leichten Anzughose bekommt. Er hat sich so zu mir gedreht, dass ich seinen Harten direkt an meinem Oberschenkel spüre. Der Barhocker hat genau die Höhe seines Beckens.

Das erregt mich sehr.

Und ihn wohl auch.

»Möchten Sie etwas Trinken?«, fragt Corinna von der Seite.

Ohne den Körperkontakt mit mir zu unterbrechen, dreht er seinen Kopf zu ihr und erwidert: »Oh, ja, gern ein Bier.«

»Nun zu Ihnen, Nadja. Ich darf Sie doch so nennen, oder?«

»Natürlich, es steht ja nur mein Vorname auf dem Namensschild, Herr Krüger.«

»Dann nennen Sie mich doch bitte Alfons. Das ist nicht so förmlich.«

»Okay, Alfons. Kennen Sie die Werbeagentur schon?«

»Nein. Ich bin nur wegen Ihnen auf den Stand gekommen. Sie sind so reizvoll und hübsch. Ist die Agentur denn gut?«

»Oh, ja. Eine der Besten. Wenn Sie mir eine Visitenkarte von sich geben, werden wir Ihnen Infomaterial zukommen lassen.«

»Eigentlich würde ich lieber mit Ihnen etwas unternehmen«, antwortet er und legt seine Hand auf meinen Oberschenkel. Ich drücke mich leicht gegen seinen harten Schwanz und flüstere: »Wenn Sie Lust haben, kommen Sie doch auf unsere Party morgen Abend im Hyatt Hotel um zwanzig Uhr. Ich bin auch da und dann können wir uns ungestörter unterhalten.«

Ich reiche ihm eine Einladung und berühre dabei – völlig absichtlich – seinen Penis mit einer Hand. Er zuckt zusammen: »Oh, Nadja, das werde ich auf jeden Fall machen. Sie haben recht: Hier gucken viel zu viele Männer zu.«

»Genau. Ich sehe Sie dann morgen, okay?«

»Damit können Sie fest rechnen. Dann können wir uns eingehender unterhalten, ja?«

»Natürlich. Dann bin ich ganz für Sie da.«

Herrn Krüger habe ich so richtig heiß gemacht.

Mittlerweile stehen Hunderte Besucher um unseren

Stand und drängen sich um mich und Corinna.

Die Männer kommen immer näher an die Theke, weil die davor Stehenden die Sicht auf uns versperren.

Das habe ich noch nie erlebt.

Es ist wie im Zoo.

Corinna und ich haben jeweils drei Männer direkt um sich stehen. Ich spüre plötzlich eine Hand auf meinem Oberschenkel.

»Entschuldigen Sie, mein Name ist Schrader, können Sie mich beraten?«

Er ist ein sehr attraktiver, blonder Geschäftsmann.

»Ja, bitte, was kann ich für Sie tun?«

»So Einiges! Ich würde gern die Agentur wechseln und habe ein Werbebudget von über zwei Millionen für Sie in der Tasche.«

»Wow«, antworte ich beeindruckt.

»Können wir nicht in einen Besprechungsraum gehen? Hier ist so viel los.«

»Ja, natürlich, ich muss kurz fragen, ob einer frei ist.«

Im Besprechungs-
raum

Ich winke Claudia zu mir. Sie steht etwas verlassen in einer Ecke. Als sie kommt, flüstere ich ihr zu: »Der Herr möchte mit mir in einen Besprechungsraum. Er hat zwei Millionen Budget.«

»Sehr gut. Lass ihn nicht von der Angel. Mach was mit ihm. Mach ihn so richtig heiß«, antwortet sie aufgeregt, »der Raum da drüben ist frei. Wenn du mich brauchst, ruf mich.«

Ich nicke. Was meint sie denn bloß mit »so richtig heiß« machen?

Ich glaube, ich hätte Lust ihn ein bisschen Fummeln zu lassen. Oh, ja, der Gedanke macht mich selbst so heiß, dass ich zu allem bereit bin.

»Hallo, Herr Schrader? Kommen Sie bitte mit in den Raum da drüben?«, rufe ich durch die Menge.

Er winkt, nickt und folgt mir in den Raum.

Dort kommt er gleich zur Sache: »Verstehen Sie mich nicht falsch, aber ich denke, Sie haben hier eine klare Aufgabe. Sonst wären Sie nicht so sexy gekleidet. Ich verspreche Ihnen den Auftrag, wenn Sie jetzt alles machen, was ich mir von Ihnen wünsche.«

Ich schlucke.

Was kommt denn jetzt?

»Okay. Was wünschen Sie sich denn?«

»Ich finde Sie so bezaubernd und würde sie gern anfassen.«

»Wo denn?« frage ich etwas verschüchtert.

»Überall.«

Er setzt sich auf einen der beiden Besuchersessel. Dabei sehe ich, wie ausgebeult seine Hose ist.

Ich verstehe: Jetzt geht es los. Ich stelle mich zwischen seine gespreizten Beine und sage: »Na gut. Sie dürfen mich überall anfassen.«

Er zögert nicht lange und fasst mit beiden Händen an meine Knie. Dann gleiten sie langsam meine Oberschenkel hoch bis unter mein Kleid. Er hebt es an und murmelt: »Hm, schön, dass Sie keinen Slip unter der Strumpfhose tragen. Ich kann ihre Schamlippen sehen. Sie sind feucht.«

Während ich »ja« stöhne, spüre ich schon seine Finger zwischen meinen Schamlippen. Er drückt das dünne Nylon direkt in meine feuchte Grotte. Dazu nimmt er erst einen, dann zwei und jetzt drei Finger. Er drückt sie ganz tief hinein und beginnt mit der anderen Hand, meine Clitoris zu reiben. Ich erschauere vor Erregung. Bäche meiner Scheidenflüssigkeit fließen an seinen Fingern entlang. Meine Strumpfhose wird immer nasser.

»Oh, Sie machen mich so geil«, stöhnt er in einer tiefen, lustvollen Stimmlage, »komm knie dich vor mich und blase meinen Schwanz. Ich habe leider Termine und habe nur noch wenig Zeit.«

Ich nicke und knie mich vor ihn hin. Seine Hose ist hoch gewölbt.

Er muss einen riesigen Penis haben.

Ich öffne seinen Reißverschluss, befreie ihn aus den Fängen seiner Unterhose und lege in frei.

Er ist wirklich sehr groß und seine Hoden liegen bereits eng am Schaft. Das ist ein klares Zeichen, dass er wohl sehr schnell kommen wird. Ich mache mich darauf gefasst, gleich seinen Saft in mich hinein gepumpt zu bekommen.

Damit keine Flecken auf den Teppich oder mein Kleid

kommen können, entscheide ich mich, seinen Schwanz fest mit meinen Lippen zu umschließen und alles runter zuschlucken.

Und genau so kommt es auch: ich habe ihn gerade mit den Lippen umschlossen und meine Zunge berührt seine Eichel, da kommt schon alles in großen Mengen in meine Mundhöhle geschossen.

Oh, das ist so geil.

Ich reibe dabei meine Muschi und komme. Ich stöhne laut und schlucke einen Schwall Sperma nach dem anderen hinunter. Dabei komme ich immer wieder.

Es ist wie eine kleine Unendlichkeit.

Sein Körper zuckt vor Erregung und meiner auch.

So etwas Geiles habe ich noch nie erlebt.

Plötzlich geht die Tür auf und ein fremder Mann steht in der Tür. Er sieht, wie ich den Penis noch im Mund habe.

Ich schrecke auf und sage: »Hallo!« Der Mann tritt, ebenfalls erschrocken, zurück und schließt schnell die Tür wieder.

Der von mir bediente Kunde hat wohl nichts bemerkt, denn er macht sich die Hose zu und sagt: »Gute Arbeit, Nadja, Ihre Firma hat den Auftrag. Ich werde mich nächste Woche bei Ihnen melden.«

»Oh, das ist toll, danke«, antworte ich prompt.

»Nichts zu danken. Ich habe zu danken. So einen Service habe ich noch nie bei einer anderen Agentur erhalten. Sie sind spitze!«

»Möchten Sie morgen noch zu unserer Party kommen?«

»Leider muss ich morgen schon wieder nach München. Sonst wäre ich sicher dabei. Können Sie in zwei Wochen beim Briefing in München dabei sein?«

»Oh, ich hoffe.«

»Sehr gut. Ich würde dann gern mit Ihnen noch mehr ausprobieren.«

»Ich verstehe.«

»Und – ich finde ihre Agentur sollte Ihnen einen Bonus auszahlen. Mindestens zweitausend Euro.«

»Oh, danke für den Hinweis.«

Ich schüttele ihm zum Abschied die Hand, als wäre nichts passiert. Dabei habe ich noch den Geschmack seines Spermas auf der Zunge.

Ob ich noch mehr solchen fordernden Männern begegnen werde heute?

Ich bin gespannt.

Eine solche Gelegenheit, wie hier, hat sich in meinem Leben noch nie geboten. Ich habe tatsächlich einen wildfremden Mann fertig geblasen.

Ich wundere mich darüber, wozu ich fähig bin. Und, dass es mir so eine Freude bereiten würde, hätte ich wirklich nicht gedacht.

Heiße Standgespräche

Ich gehe wieder zur Theke des Messestands.

Er ist immer noch gefüllt mit Geschäftsleuten. Viele blicken sich nach mir um, als hätten sie mich sehnsüchtig erwartet.

An der Theke ist Corinna von vier Männern umgeben.

Als sie mich sieht, winkt sie mir zu. Ich dränge mich an den Herren vorbei.

»Aber Hallo, noch so eine bezaubernde Hostess«, höre ich von einer Männerstimme neben mir. Dann fühle ich plötzlich eine Hand unter meinem Rock.

»Na, na, na!«, rufe ich laut und drehe mich um. Doch keiner der Männer hinter mir will sich als Grapscher zu erkennen geben. Alle ziehen die Augenbrauen hoch, als wollten sie sagen »ich war's nicht«.

»Wer war das?« frage ich in die Runde.

»Was denn?«, fragt ein jüngerer blonder Mann.

Ich überlege kurz was ich sagen soll.

»Ach, nichts. Ich dachte nur, ich hätte was an meinem Po gespürt.«

»Oh, an Ihrem Po? War da einer unanständig?« meint er schelmisch.

»Ihr Po ist aber auch zu verlockend. Sie haben ja auch beide so schön durchsichtige Kleidchen an«, meint ein Anderer.

Ein Dritter ergänzt sogar: »Ich würde mein Auto dafür

geben, Sie einmal unter den Rock fassen zu dürfen.«

»Na, jetzt übertreiben Sie mal nicht, meine Herren!« gebe ich mit einem Lachen zu bedenken.

»Ja, Nadja, die Herren sind ziemlich aufdringlich. Mir haben sie schon an die Oberschenkel gefasst.«

»Ja«, sagt der Blonde, »aber nur weil Sie gesagt haben, Ihre Strumpfhose wäre so teuer, dass man es sofort fühlen würde.«

»Genau«, sagt ein Anderer, »Sie haben uns doch quasi aufgefordert, mal anzufassen.«

Corinna lacht: »Ja, ja, schon gut, ich hab da kein Problem mit. Ich habe die Drei zu unserer Party morgen Abend eingeladen. Nadja, du tanzt doch auch mal mit ihnen, oder?«

»Na, klar!«

»Dann habt ihr aber auch die kurzen Kleidchen an, oder?«

»Ja, die haben wir immer an. Schön, dass wir Ihnen so gut gefallen.«

Da fühle ich eine Hand auf meine Schulter tippen.

»Entschuldigen Sie bitte, könnten Sie bitte mit mir in den Besprechungsraum kommen?«, fragt ein Mann hinter mir.

Ich drehe mich um und bin zunächst verwirrt. Irgendwoher kenne ich den Mann, aber ich weiß nicht, woher.

»Na gut«, erwidere ich und folge ihm in den Besprechungsraum von vorhin.

»Ich bin Nadja. Hallo Herr Siewers«.

Plötzlich weiß ich wieder, woher ich ihn kenne. Ich werde rot vor Scham: Es war der Herr, der bei meinem Blowjob überraschend die Tür geöffnet hatte.

»Hallo, Nadja. Ich war doch eben hier so reingeplatzt. Ich wollte mich nur dafür entschuldigen.«

»Oh, ja? Kein Problem.«

»Aber das hat mich so aufgewühlt, das ich fragen wollte, ob Sie das auch mit mir machen könnten.«

»Hm, das tut mir Leid. Das ist ein exklusiver Service für Millionenbudgets«, sage ich völlig abgeklärt.

»Ich kann Ihnen auch ein Millionenbudget bieten. Bitte blasen Sie mich auch.«

Ich schaue ihn mit großen Augen an und überlege.

»Und Sie sind noch kein Kunde von uns?«

»Nein, aber ich wechsle sofort die Agentur, wenn Sie mir hier und jetzt meinen Penis lecken.«

Ich nicke, »na gut, setzen Sie sich hin und machen Sie die Hose auf.«

Er macht es und ich knie mich zwischen seine Beine. Er hat schon einen knallharten Penis.

Ich nehme ihn in den Mund und lecke ihn keine drei Sekunden und schon wieder strömt warme, cremige Flüssigkeit in meinen Mund. Der Mann zuckt und stöhnt leise. Ich schlucke alles hinunter und lecke seinen Schwanz sauber.

»Sie sind eine Traumfrau«, murmelt er mit zittriger Stimme, »das war das schönste Erlebnis meines ganzen Lebens.«

Ich lächle ihn an und sage: »Es hat mir auch Spaß gemacht. Aber sagen Sie bitte niemandem etwas davon. Das muss unser Geheimnis bleiben, okay?«

Er nickt und zieht sich die Hosen wieder hoch.

»Ich werde noch heute eine Pressemitteilung rausgeben, dass Ihre Agentur unser drei Millionen Budget verwalten darf.«

»Großartig, Herr Siewers«, sage ich dankbar.

Wir verlassen den Raum.

Er verschwindet in der Menge und ich geselle mich wieder zu Corinna und ihren Verehrern.

Wir trinken Sekt und haben viel Spaß mit den Gästen. Erstaunlicherweise kommen keine Herren mehr auf die Idee, mich um Zungeneinsatz zu bitten.

Ich bin fast schon etwas enttäuscht darüber.

Aber vielleicht kann ich heute Abend auf der Party noch

ein wenig mehr erleben.

Die Vorstandsorgie

Um exakt neunzehn Uhr kommt Robby zu uns an den mittlerweile leeren Messestand und fragt: »Na, wie ist es gelaufen?« und schaut mich als Erste an.

»Sehr gut. Zwei Herren wollen dir Millionenbudgets geben«, antworte ich und gebe ihm zwei Visitenkarten in die Hand.

»Nein!«, ruft er völlig überrascht, »der Siewers? Ich werd verrückt. Der will uns seine Kampagne geben? Wie hast du das denn gemacht?«

»Ich weiß nicht, ich hab mich um ihn besonders intensiv gekümmert.«

Robby schaut mich unverständig an, als wolle er sagen »aber wie?« Ich gehe nahe zu Robby, lecke sein Ohrläppchen und fasse gleichzeitig an seinen Penis.

»Uh, ich verstehe«, sagt er mit einem breiten Grinsen.

»Wow, das ist der Hammer. Nur mit dem Mund?«

Ich nicke.

»Okay, komm mal bitte mit.«

Er zieht mich an der Hand in den Umkleideraum.

Soll ich ihm jetzt auch einen blasen?

Als wir allein sind, greift er in seine Hosentasche und holt ein Bündel Geldscheine heraus.

»Hier«, sagt er leise, »nimm das. Die hast du dir redlich verdient.«

Er drückt mir zehn Geldscheine in die Hand.

Erst beim zweiten Hinsehen bemerke ich: Es sind fünftausend Euro.

Ich kann es nicht fassen und falle ihm vor Dank um den Hals.

»Ist schon gut, Nadja. Hör' bitte jetzt auf. Es darf niemand etwas davon erfahren. Verstecke das Geld gut. Wir gehen jetzt auf die Party. Es ist besser, wenn du es nicht mitnimmst.«

Ich hüpfe vor Glück.

»Und mach weiter so. Du könntest jeden Tag so viel verdienen«.

Ich bin einfach nur sprachlos.

»Corinna und du, ihr solltet euch jetzt frisch machen und komplett umziehen, auch die Strumpfhosen, keine Slips! Ich warte draußen und dann fahren wir rüber zur Party«, sagt er, geht hinaus und bittet Corinna um das Gleiche.

Vor dem Messegelände wartet eine Stretch-Limousine auf Robby, Corinna und mich.

Ich bin begeistert.

Wir albern herum und erzählen Robby, wo uns überall hingegriffen wurde. Am häufigsten unter den Rock, während wir auf den Barhockern saßen.

»Girls, wenn wir da sind, werde ich euch in einen VIP-Raum führen, wo nur die Chefs unseres Großkunden mit dem großen Buchstaben sind. Ihr werdet die einzigen Mädchen dort sein. Das machen wir jedes Jahr so. Ihr müsst damit rechnen, dass euch ein unanständiges Angebot gemacht wird. Und ich bitte euch: Macht mit. Es wird euch sicher viel Geld geboten.«

Corinna und ich schauen uns überrascht an.

»Gruppensex?« fragt Corinna.

»Ja«, antwortet Robby trocken, »ich mache auch mit.«

»Wie viele Männer?«

»Ich weiß es nicht genau. Mit mir drei oder vier.«

»Das ist geil«, sagt Corinna leise.

»Was werden wir dafür bekommen?«, frage ich interessiert.

»Das hängt davon ab, wie ihr dem Boss gefallt. Aber ich bin sicher, er wird viel bieten für euch. Ihr seid Granaten!«

Wir lachen.

Ich bin bereit dafür.

Ich freue mich richtig darauf.

Das Leben als Messe-Hostess kann wirklich geil sein.

Wir kommen im Hotel an.

Robby führt uns durch eine große Menge von Partygästen direkt in einen Klubraum.

Dort begrüßen uns drei ältere Herren in Nadelstreifenanzügen. Sie mustern uns genau und fassen uns bei der Begrüßung an die Taillen.

»Mein Damen, wie schön, dass Sie beide Lust haben, mit uns heute Abend die Party von oben zu betrachten«, sagt der Boss und öffnet per Knopfdruck eine große Schiebetür, hinter der sich ein sicher zehn Meter breites Fenster verbirgt. Es bietet einen beeindruckenden Blick auf den sich langsam füllenden Partyraum.

»Wenn Sie Hunger und Durst haben, bedienen Sie sich bitte an unserem üppigen Buffet, dort drüben«.

Das lassen wir uns nicht zweimal sagen: Corinna und ich bedanken uns und hüpfen zu den Wärmeplatten hinüber.

Es gibt gegrillte Hummerkrabben am Spieß und viele weitere leckere Antipasta-Speisen.

Während wir essen, kommt der Chef zu uns an den Tisch und stellt sich hinter uns. Dann fasst er uns auf die Schultern und flüstert: »Wenn Sie gegessen haben, könnten Sie dann etwas mit uns tanzen?«

Wir nicken.

»Ich meine Lapdance, ich biete Ihnen eintausend pro Dame.«

Wir schauen uns mit großen Augen an. Bevor ich »ja« sagen kann, erwidert Corinna: »Zweitausend pro Dame und sie bekommen alles, was Sie wollen.«

Ich verschlucke mich fast, als ich das höre.

Ich bekomme keinen Ton heraus.

»Oh, das Angebot nehmen wir Herren sehr gern an. Wir dürfen dann alles machen, was wir wollen?«

Ich kriege immer noch kein Wort hervor, doch Corinna nickt.

»Sehr schön«, antwortet er erfreut, holt die Geldscheine heraus und steckt sie in unsere Ausschnitte.

»Jungs, ihr dürft machen, was ihr wollt mit unseren Zuckerschnecken!«, ruft er plötzlich in den Raum.

Alle Anwesenden klatschen.

»Aber lasst sie erst einmal in Ruhe aufessen.«

So, jetzt sind wir also als Nachtisch freigegeben.

Mein Herz pocht mir bis zum Hals.

Ich habe gerade den letzten Bissen geschluckt, da winkt mich der Oberste zu ihm rüber. Ich lächle und setze mich auf seinen Schoss.

»So meine Süße, lass dich mal anfassen«, sagt er und beginnt mir mit einer Hand unter den Rock und der anderen Hand an die Brust zu greifen.

Ich spüre unter mir, wie sein Schwanz immer härter wird. Während er mich befummelt, habe ich meine Arme um ihn gelegt. Die anderen Herren schauen gebannt zu.

Ich schaue zu Corinna rüber, an die sich aber noch kein anderer Mann rantraut.

Sie grinst nur und zuckt mit den Schultern.

Offensichtlich wollen alle erst sehen, was der Chef macht.

Der öffnet mir das Kleid und zieht mir die Sandalen aus, noch während ich auf seinem Schoss sitze.

Ich ziehe mir mein kleines Schwarzes über den Kopf und

lege es auf den Boden.
Dann beginnt er, meine Brustwarzen zu lecken.

Jetzt wird auch Corinna aufgefordert, sich auszuziehen. Ein Mann setzt sich hin und bittet Corinna, seine Hose zu öffnen. Derweil streichelt ihr ein Anderer von hinten über die Strumpfhose.
Robby steht mit deutlichem Ständer am Buffet und beobachtet das Treiben.

Ich bin derweil schon völlig aufgegeilt.
Die Finger vom Boss stecken tief unter der Strumpfhose in meiner Muschi.
Er treibt mich mit seinem Fingerspielen fast zum Wahnsinn. Ich atme schwer und stöhne, als ob er mit seinem Schwanz tief in mich hinein stieße. So lange und dicke Finger hat er. Es fühlt sich fast wie ein steifer Penis an.
Jetzt kommt der Andere, der eben noch Corinna befummelte, zu mir rüber und öffnet seine Hose. Er lässt seinen noch schlaffen Penis heraushängen und beginnt sich zu wichsen.
Ich werde vom Boss jetzt auch am Po befummelt.
Es ist fast so, als hätte er drei Hände. Denn er schafft es wohl mit einer Hand, zwischen meinen Beinen mit dem Daumen und zwei Fingern in meine beiden völlig feuchten Löcher zu greifen.
Ich bin so erregt, dass ich den Schmerz des analen Eingriffes überhaupt nicht spüre.
Ich fühle nur, dass ich völlig ausgefüllt bin und meine Säfte unaufhörlich fließen.
Nur fünf Zentimeter vor meinen Augen sehe ich jetzt den mittlerweile fast völlig steifen Schwanz des stehenden Mannes.
Jetzt sagt der Chef wieder etwas: »Baby, leck ihn fertig, ich will das sehen.«

Ich habe verstanden: Er möchte, dass ich, direkt vor seinen Augen, den Kollegen mit dem Mund befriedige, bis er spritzt. Ich nicke kurz und greife mit einer Hand nach dem Schwanz und beginne ihn zu lecken.

Zuerst die große und glänzende Eichel.

Während ich seinen Schaft mit der Hand wichse, umkreist meine Zunge seine Spitze.

Weil mich der Vorstandsvorsitzende mit einem Arm umarmt, während er mir an einer Brust spielt, habe ich beide Hände frei und massiere gleichzeitig die Hoden des Anderen.

Beim Lecken spüre ich immer mehr, dass sich der Hodensack zusammenzieht. Schon wieder wird es nicht mehr lange dauern, bis ein Mann in meinem Mund kommt.

Offenbar mache ich das sehr gut.

Noch bevor er aber in meinen Mund kommt, habe ich zwei kurze Orgasmen, die mir Lust auf noch mehr machen.

Ich möchte jetzt das Sperma schlucken und beginne, den Druck auf die Hoden zu erhöhen.

In dem Moment kommt es wie eine Flut aus seinem Harten, sodass mir die Hälfte an den Mundwinkeln auf mein Kleid fließt. So viel habe ich nicht erwartet. Er muss lange keinen Orgasmus gehabt haben.

Es erregt mich so sehr, dass ich einen richtig intensiven Orgasmus bekomme.

Ich vergesse Raum und Zeit um mich und lutsche ohne Kontrolle alles aus dem Schwanz heraus und schlucke es hinunter.

Den Mann durchzuckt der gesamte Körper. Er röhrt dabei wie ein Elch: animalisch und fast beängstigend. Das alles bemerke ich jedoch nur wie in Trance.

Als ich von meiner Orgasmus-Welle herunterkomme, bemerke ich, dass ich längst den Schwanz des Bosses in meiner Muschi habe.

Er hat während meiner Ekstase ein großes Loch in meine Strumpfhose gerissen und mich mit dem Rücken zu sich gedreht.

Er drückt seinen Ständer immer wieder von hinten tief in mich hinein. Er hat einen beeindruckend langen Schwanz, der immer wieder gegen meine Innenwand stößt.

Corinna hat derweil Robby, der sich mit dem Rücken auf den Tisch gelegt hat, in ihrer Muschi.

Der dritte Geschäftsmann steht am Tischrand und drückt ihr seinen dünnen, aber langen, steifen Penis in den Po.

Jetzt kommen beide und sie schreit vor Erregung.

Während ich mir diese geile Szene ansehe, stößt der Boss immer wieder hart in meine Lustgrotte.

Sie ist immer noch klatschnass.

Ich weiß nicht, ob ich noch mal kommen kann, aber plötzlich gibt er wieder eine Anweisung: »Corinna, komm her und lecke Nadja und mich!«

Corinna wischt das Sperma mit einem Tuch von ihrer Muschi und ihrem Po und kommt zu uns.

Sie kniet sich vor den Sessel und beginnt, seinen Schwanz, von den Hoden bis zur Eichel, und abwechselnd meinen Kitzler zu lecken.

Jetzt bin ich mir sicher, dass ich noch mal kommen werde. Noch während sie immer wieder an uns leckt, bekomme ich wieder Orgasmusschübe, die ich noch nie erlebt habe. Ihre Zunge fühlt sich so wahnsinnig sanft an meinen Schamlippen an.

Jetzt sehe ich, wie Robby und die beiden Anderen sich um uns stellen, und unsere Beine streicheln und an der Muschi von Corinna spielen.

So einen erregenden Moment habe ich noch nie erlebt. Während ich komme und komme, zieht der Chef sein hartes Glied aus mir heraus und steckt es in Corinnas Mund.

Er kommt in ihr und drückt mich währenddessen fest mit seinen Armen an sich, sodass ich kaum Luft bekomme.

Corinna schluckt den ganzen Saft und schreit vor Erregung, weil die Männer hinter ihr fast alle Finger in ihre Löcher getrieben haben und gleichzeitig ihre Clitoris stimulieren.

Zum ersten Mal fühle ich mich restlos befriedigt.
Am Gesichtsausdruck von Corinna erkenne ich, dass es ihr genau so geht.

Alle Männer sind ebenfalls völlig entspannt und machen sich die Hosen zu. Diese sind allerdings voll mit hellen Flecken. Daher bringt eine junge Bedienstete neue Hosen.
Ich bin beeindruckt.
Offenbar machen sie solche Orgien öfter. Sie sind so gut vorbereitet, dass sie uns sogar neue Strumpfhosen reichen, die wir auch sofort wieder anziehen.
Jetzt fallen mir plötzlich die fünfhundert Euro Scheine auf dem Boden auf, die ich wohl beim Ausziehen meines Kleides verloren habe. Ich hebe sie schnell auf und stecke sie in den Bund meiner neuen Strumpfhose.
Auf der Taxifahrt ins Hotel gehen mir viele Dinge durch den Kopf: Heute habe ich 7.200 Euro verdient. Das ist so viel, wie sonst in zwei Jahren, wenn ich normale Nebenjobs mache.
Obwohl ich fast nur Sex dafür machen musste, fühle ich mich nicht als Prostituierte.
Das ist komisch, denn nach meinem Handeln zu urteilen, wäre ich eine. Doch ich sehe mich lieber als eine unglaublich geschickte Gelegenheits-Verführerin.
Bedenken, Geld für Sex zu nehmen, habe ich allerdings gar nicht. Solange ich jung und hübsch bin und mir hochgestellte Geschäftsleute so viel Geld dafür geben, werde ich diesen Job mit vollem Elan machen.
Ich freue mich auf die nächsten Tage.
Wenn ich so weiter mache, kann ich mir in vier Wochen

ein eigenes Haus kaufen.

Wenn das kein Ansporn ist.

Andere Frauen haben ebenso viel Sex mit wechselnden Partnern und bekommen dafür nur ein Abendessen!

Ich fühle mich großartig.

Der Blick hinüber zu meiner Freundin Corinna, sagt mir: Ihr geht es ebenso.

Sie strahlt vor Freude.

»Oh, Nadja, das war der geilste Tag meines Lebens«, flüstert sie.

Wir kommen ins Hotel und fallen hundemüde in unsere Betten.

Anzügliche Gäste

Der nächste Messetag ähnelt dem Ersten. Wieder sitzen wir an der Theke in unseren kurzen, fast ganz durchsichtigen Kleidchen sowie Strumpfhosen und lassen uns mal mehr und mal weniger viel von den Standbesuchern anfassen.

Es ist wirklich lustig, wie die Männer es im Getümmel der Menschenmenge machen. Ihre Hände drücken sie besonders gern gegen meinen Po oder meine Brust, wenn ich an ihnen vorbei möchte. Wenn sie neben mir stehen, während ich auf einem Barhocker sitze, spüre ich fast immer eine Hand an meinem Oberschenkel. Ich lasse es immer gewähren und lächle. Langsam habe ich das Gefühl, es hat sich bei den Messebesuchern rum gesprochen, dass wir auf unserem Stand zwei Mädchen haben, die sich nicht gegen anzügliche Berührungen wehren.

Jetzt gerade spüre ich wieder eine harte Lanze in meinem Rücken. Ein Herr steht hinter mir und drückt sich mit seiner Hose gegen meinen Po. Ich lasse mich etwas zurückfallen und würde mich am liebsten umdrehen und ihn mit der Hand berühren. Aber das kann ich nicht, weil ich mich mit zwei netten Männern vor mir im Gespräch befinde.

Der eine fragt mich: »Die Männer hier kommen Ihnen ja ziemlich nahe, ist das nicht unangenehm?«

Ich schüttele den Kopf: »Meinen Sie, dass sie ihre Hände nicht bei sich behalten?«

»Ja.«

»Nein, das nehme ich Ihnen nicht übel. Schließlich sind

wir ja auch sehr sexy angezogen. Für mich ist es sehr amüsant.«

»Ach so! Dann dürfte ich auch mal auf ihre Oberschenkel fassen?«

»Warum wollen Sie das denn tun?«

»Ihre Strumpfhose fühlt sich bestimmt sehr schön an.«

»Wenn Sie es nicht zu auffällig machen, dürfen Sie mich ruhig anfassen«, antworte ich mit einem freundlichen Lächeln.

Er kommt näher und legt eine Hand auf meinen Oberschenkel. Dabei drückt er mir seinen Unterleib in die Seite. Ich spüre sein erigiertes Glied durch seine Hose. Es muss sehr groß sein.

»Spüren Sie, wie sehr Sie mir gefallen?«

»Oh, ja. Das geht mir aber etwas zu weit.«

»Schade«, antwortet er enttäuscht und weicht etwas zurück.

»Aber kommen Sie doch heute Abend zu unserem Event. Dort können wir ja mal zusammen Slowfox tanzen. Dann dürfen Sie mich ruhig noch mal länger ihre Wollust spüren lassen. Das finde ich dann viel passender.«

»Oh, das mache ich gerne. Wo ist die Veranstaltung?«

Ich gebe ihm eine Einladung und lächle ihn vielversprechend an. Er schaut mir in mein Dekolleté und hat immer noch eine große Beule vorne in seiner Hose. Ich schaue dorthin und nicke verheißungsvoll.

»Darf ich Sie auch mal anfassen?«, fragt ein Anderer, der unser Gespräch wohl aufmerksam verfolgt hat.

»Nein, ich muss jetzt weg. Kommen Sie doch einfach auch zu unserer Party. Hier haben Sie eine Einladung.«

Ich überreiche sie ihm und zwinkere ihm beim Weggehen zu.

Leider sind beide Männer keine Budget-Entscheider, das hatte ich schon vorher in Erfahrung gebracht.

Auf unserer Kundenparty wimmelt es nur so von Männern in Anzügen.

Zum Glück hat Robby noch mindestens zwanzig hübsche Service-Girls eingeladen, die Corinna und mich nicht so völlig allein als sexy Girls lassen.

Wir beide haben trotzdem jeweils eine Traube von Männern um uns. Wenn wir zur Tanzfläche gehen, folgen uns immer zehn Männer und tanzen uns an.

Das ist ein super Gefühl.

*

Ich werde mir gleich den Süßesten von ihnen aussuchen und mit ihm etwas fummeln. Ich bin so erregt zwischen den Beinen. Corinna und ich geben alles.

Die Männer kommen ganz auf ihre Kosten. Wir tanzen mit jedem abwechselnd eng zusammen. Bei allen, die mit mir tanzen, spüre ich ein hartes Rohr in der Hose. Ich glaube, wenn ich nicht hier in einer riesigen Menschenmenge wäre, würden sie irgendwann über mich herfallen und ich müsste zehn Männer gleichzeitig befriedigen.

Irgendwie macht mir das Angst. Aber meine Muschi sagt etwas ganz Anderes.

Will ich das etwa?

Ich glaube ja.

Das Dienstmädchen

Ein Job als
Dienstmädchen

Es ist komisch, dass ich jetzt hier allein auf meinem Bett sitze und ein wenig Angst vor dem nächsten Tag habe. Morgen beginnt mein erster Tag als Zofe bei einem alten, aber sehr reichen Landadligen. Ich bin jetzt 18 Jahre alt und habe keine Lust mehr, zur Schule zu gehen oder irgendetwas zu studieren.

Natürlich fragen mich meine Freundinnen, warum ich unbedingt Dienstmädchen werden möchte.

Ich weiß es selbst nicht ganz genau, aber irgendwie gefällt mir der Gedanke, in einem herrschaftlichen Haus zu bedienen.

Als junges Mädchen habe ich sehr gerne eine Fernsehsendung gesehen, in der ein Kindermädchen bei einem reichen Videoproduzenten allen Männern den Kopf verdreht hat, indem sie kurze Röcke und Strumpfhosen trug. Sie war witzig und charmant. Natürlich hatte sie auch die Absicht, den Hausherren zu verführen und zu heiraten, aber das Gelingen schien immer wieder in unerreichbare Ferne zu rücken.

Der Hausherr, den ich ab morgen bedienen werde, ist leider schon sehr alt. Allerdings hat er einen jungen Sohn. Bedauerlicherweise wohnt er nicht mehr zuhause, sondern in Miami. Ich hoffe, dass ich auch einmal dorthin darf, wenn der alte Herr ihn besuchen wird. Vielleicht kommt er auch öfter nach Hause. Er heißt Patrick und war mal ein Freund meiner besten Freundin.

Also er hatte was mit ihr, er war nicht nur ein einfacher Freund, er war ihr Liebhaber.

Das hört sich seltsam an, wenn eine Sechzehnjährige einen Liebhaber hat, aber in diesem Falle stimmt der Ausdruck vollkommen.

Wenn Patrick zu ihr kam, haben sie nichts anderes getan, als miteinander zu schlafen. Sie waren nie im Kino, sie waren nie im Theater, sie gingen nie spazieren, sie gingen nicht aus Essen – das einzige was sie taten, war Sex. Bereits wenn er bei ihr ins Zimmer kam, hatte er schon die Hose geöffnet, damit sie sich vor ihn kniete, um ihm einen zu blasen.

Jedes Mal, wenn sie mir davon erzählte, war ich so fasziniert, dass ich im Schritt feucht wurde.

Andere Mädchen haben hingegen nur mit dem Kopf geschüttelt. Sie verstanden nicht, wie man einem Jungen einen solchen Gefallen tun konnte.

Das war sicher auch keine normale Beziehung, die sie da hatte.

Ihr gefiel es, seine sexuellen Befehle zu befolgen.

Und das wiederum hat mich sehr angemacht. So sehr, dass ich mir nichts mehr wünschte, als auch einmal seine Freundin zu sein.

Was die meisten allerdings nicht wussten, war, dass Patrick unglaublich großzügig zu ihr war. Das neue Auto, die Wohnung, die vielen schönen Kleider und Strumpfhosen, und nicht zuletzt die vielen Brillantringe, kamen von ihm.

Dafür würde ich ihm auch jederzeit seinen Schwanz lecken. Egal zu welcher Tageszeit, ob vor Zuschauern mitten in der Stadt oder allein im Wald. Ich würde ihn auch alle zehn Minuten fertig blasen. Im Grunde dürfte er mit mir machen was er wollte.

Auf jeden Fall erregt mich dieser Gedanke im höchsten Maße.

Schon wenn ich nur daran denke, zerfließe ich förmlich

zwischen meinen Beinen. Ich stecke meine Hand unter meine dünne schwarze Strumpfhose und führe gleich zwei Finger zwischen meine Schamlippen.

Hm.

Ich bin geil.

Ich lehne mich zurück, schließe meine Augen und lasse meinen Daumen um die Klitoris kreisen, während ich tiefer und tiefer mit den Fingern in meine Muschi dringe. Sie ist klatschnass und ich beginne, zu stöhnen. Meine andere Hand gleitet meinen Körper hinauf und hinab. Sie drückt und quetscht meine mittelgroßen Brüste.

Ich gehe unter meine weiße Bluse und spiele an meinen Brustwarzen. Sie stellen sich blitzartig auf.

Mein Daumen kreist weiter zwischen meinen Schenkeln, immer knapper an meinem Kitzler vorbei.

Ich stelle mir vor, wie ich vor ihm knie und seinen Saft in mein Gesicht bekomme.

In diesem Moment durchzuckt mich ein wunderbarer Orgasmus. Ich stöhne tief und laut vor Erregung.

Meine Angst vor morgen ist plötzlich verschwunden. Die Aussicht, den Sohn meines neuen Arbeitgebers für mich zu gewinnen, erfüllt mich wieder mit Vorfreude.

Aber auch die Möglichkeit, in die Geheimnisse der feinen Gesellschaft der Reichen und Schönen hinein schnuppern zu können, fasziniert mich. Ich lehne mich zurück und schlafe befriedigt ein.

DER HAUSHERR

Kurz nach dem Frühstück mit meiner Mutter fahre ich mit dem Taxi zu meiner neuen Arbeitsstelle.

Ich habe einen großen Koffer bei mir, denn ich werde dort wohnen. Mir wurde gesagt, dass ich nicht viel mitbringen sollte, außer ein paar persönlichen Dingen.

Ich würde mit allen Kleidungsstücken ausgestattet. Ich trüge jeden Tag das Gleiche: Einen kurzen schwarzen Rock mit einer weißen Schürze, eine dünne schwarze Strumpfhose und eine weiße Bluse. Dazu halb hohe Schuhe. Der Hausherr bevorzugt dabei offene Sandalen, weil er den Anblick von Füßen in Nylon liebt.

Mich wundert es nicht, da ich weiß, dass sein Sohn auch auf Nylon steht. Es macht mir aber auch nichts aus.

Eher im Gegenteil: ich mag es, wenn Männer mir auf meine Beine starren, wenn ich Strumpfhosen trage. Ich habe ohnehin schon sehr schlanke Beine, aber mit schwarzen Strumpfhosen sehen sie wahnsinnig lang und sexy aus, obwohl ich nur 1,60 Meter groß bin. Ich bin sicher, sie werden auch meinem Hausherr den Kopf verdrehen. Ich denke, es wird nicht zu meinem Schaden sein, wenn ich ein bisschen freizügiger bin, als die anderen Mädchen.

Ich war schon immer sehr offen für alles.

Meinen ersten Sex hatte ich schon mit 13 Jahren.

Ein Junge aus der Nachbarschaft hatte mich eines Abends durch mein Schlafzimmerfenster beobachtet. Er wohnte gegenüber und tat dies offenbar häufiger. Doch das war mir nie aufgefallen. Als ich ihn bemerkte, öffnete ich das Fenster und stellte ihn zur Rede. Meine Eltern waren nicht zuhause und da er mir schon immer sehr sympathisch war, schlug ich vor, dass er zu mir herüber kommen solle. Er war 17 Jahre alt und sehr begeistert von dem Vorschlag. Warum das so war, wurde mir erst klar, als ich seine beträchtliche Beule in seiner Hose bemerkte. Kein Wunder, denn ich trug nur eine dünne hautfarbene Strumpfhose und einen BH. Dass ich keinen Slip drunter trug, hatte ich völlig vergessen. Er konnte daher direkt auf meine Schamlippen schauen. Weil er dachte, ich wollte ihn verführen, dauerte es auch nicht lange, bis er begann mich anzufassen. Ich wollte eigentlich nur mit ihm eine Modenschau mit den Kleidern meiner Mutter spielen, er wollte nur das eine: mich.

Er bekam es.

Mein erstes Mal war kurz, aber nicht schmerzhaft.

Offenbar hatte ich mein Jungfernhäutchen schon beim Masturbieren eingerissen. Dies hatte ich schon sehr früh von meiner Mutter gelernt. Sie war schon immer sehr offen zu mir bezüglich Sexualität. Da ich ohne Vater aufgewachsen bin, hatte ich des Häufigeren das Vergnügen, ihr beim Liebesspiel mit ihren Liebhabern zu hören und zugucken zu dürfen. Sie erklärte mir alles, was Männer gerne haben und wie man vermied, schwanger zu werden.

Seitdem ich 13 Jahre alt bin, nehme ich die Pille.

Meine Mutter war immer der Meinung, dass sich sehr früh von Männern verführt werden würde, weil es bei ihr auch so war. Sie sagte mir einmal, dass junge und zierliche blonde Frauen mit unserer Figur, Traumfrauen seien. Wenn sie dann noch charmant und unterwürfig sind, können Sie sich nicht vor Männern mit intimen Begehrlichkeiten schützen.

Sie hat mir sogar beigebracht, wie man den Penis eines Mannes zum Spritzen bringt.

Ich durfte eines Abends durch den Schlitz einer Tür beobachten, wie sie es bei einem Freund machte.

Der Anblick hat mich so erregt, dass ich gleichzeitig onaniert habe. Ich bekam dabei meinen ersten Orgasmus. Ich werde dieses Erlebnis nie vergessen und denke, dass ich deswegen sehr gerne Männer mit dem Mund befriedige.

Das Taxi hält vor einem großen Eisentor in einem Waldstück.

Man kann noch kein Haus sehen. Es muss tief hinter den Bäumen liegen. Die Auffahrt ist in weißen Kieselsteinen angelegt. Sie führt direkt in den Wald. Der Taxifahrer steigt aus und drückt eine Klingel. Eine Stimme ertönt aus dem Lautsprecher und bittet den Fahrer, bis vor das Schloss zu fahren. Dann öffnet sich plötzlich das Tor automatisch. Ich bin beeindruckt und sehr aufgeregt.

Ich habe mir heute Morgen ein schwarzes langes Kleid angezogen und darunter halterlose schwarze Strümpfe. Ich möchte dem Hausherr sofort zeigen, dass ich sexy sein möchte.

Er soll wissen, dass ich zu vielem bereit bin.

Ausgesucht hat er mich nur über ein Foto. Dieses hatte ich einem Personalbüro geschickt, welches auf die Vermittlung von Dienstmädchen in herrschaftlichen Häusern spezialisiert ist.

Drei Bilder hatte ich eingesandt: ein Porträtfoto, ein Ganzkörperfoto und ein Strandbild von mir im Bikini. Das war zwar nicht gefordert, aber es wurde mir gesagt, dass das Bikini Foto den Arbeitgeber am meisten von allen eingesandten Fotos gefallen hat. Deshalb wurde ich ausgewählt, ohne ein persönliches Gespräch vorher zu haben. Allerdings gibt es eine Probezeit von drei Monaten. Mindestens diese Zeit möchte ich nutzen, um mich in die High Society einzuführen.

Ich möchte heiß und willig sein.

Ich bin gespannt was auf mich zukommen wird.

Der Wald ist ein wenig unheimlich. Wir fahren jetzt

schon drei Minuten den Weg entlang und noch immer ist kein Schloss zu sehen.

Endlich sehe ich es.

Es ist etwas unheimlich. Vier Türme hat es, an jeder Ecke einen. Sie sind rund und haben Zinnen, wie Kronen, ganz oben, wie im Mittelalter.

Es liegt dichter Nebel um es herum.

Mein Herz beginnt zu klopfen, als wir vor dem großen Eingangstor stehen bleiben.

Jetzt sehe ich erst, dass ein Wassergraben um das herrschaftliche Gebäude herum führt.

Bevor es geöffnet werden kann, muss eine Zugbrücke heruntergelassen werden.

Nachdem sie unten ist, darf das Taxi mit uns in den Innenhof fahren. Dort erwartet uns ein älterer Butler, der in einem schwarzen Anzug gekleidet ist.

»Willkommen auf Schloss Bergsegen. Ich bin Herr Arthur, dein direkter Vorgesetzter. Der Graf möchte, dass du bedingungslos tust, was ich dir sage.«

Ich nicke und verneige mich vor ihm. Der Taxifahrer reicht mir meinen Koffer und wird von Herrn Arthur bezahlt.

Dann folge ich meinem Vorgesetzten in den Empfangssaal.

Dort warten drei ältere Dienstmädchen in ihren Kostümen. Sie stehen in Reih und Glied. Völlig regungslos, ohne eine Miene zu ziehen. Sie schauen streng. Sie sind sehr schlank und hübsch. Sie mustern mich von Kopf bis Fuß. Dann kommt die mittlere auf mich zu, zieht mir meinen Rock etwas hoch und befiehlt mir: »Folge mir in den Kleidersaal. Mit so einem Fetzen darfst du hier nicht herumlaufen. Wir tragen kurze Röcke und niemals lange. Unser Herr möchte unsere Beine sehen und wenn er will, müssen wir ihm auch unter unseren Rock schauen lassen. Ist das klar?«

»Ja«, antworte ich leise.

»Schweig still!«, schreit sie mich an.

Ich zucke zusammen.

Wie automatisch stehe ich völlig gerade und habe meine Augen zu Boden gerichtet.

Dann folge ich den drei Frauen in einen Saal mit Spiegeln.

»Stelle dich hier drauf«, befiehlt sie und zeigt auf ein kleines, rundes Podest, das sich in der Mitte des Raumes befindet. Kaum habe ich mich darauf gestellt, beginnen alle drei Frauen, mir meine Kleider auszuziehen.

Dabei gehen sie keineswegs vorsichtig vor. Nein, sie fassen mich hart an und berühren mich überall. Auch zwischen den Beinen. Jede von ihnen fasst mir an meine Schamlippen. Sie ziehen mir die Nylonstrümpfe aus und lassen mich völlig unbekleidet allein im Raum zurück.

Was passiert denn jetzt?

Ich dachte, ich werde hier eingekleidet.

Warum lassen Sie mich ganz alleine?

Plötzlich geht das Licht aus und ich stehe völlig im Dunkeln.

Bevor ich Panik bekommen kann, wird ein Scheinwerfer auf mich gerichtet und eine männliche Stimme ertönt: »Cora, wenn du mein Dienstmädchen sein möchtest, musst du dich jetzt einer harten Prüfung stellen. Du hast jetzt die Möglichkeit, nein zu sagen. Wenn wir begonnen haben, nicht mehr. Wir werden dich an Händen und Füßen fesseln und mit dir machen, was wir wollen. Wir werden dir auch weh tun, aber dich nicht verletzen. Wir möchten, dass du schön bist für mich. Du sollst mir in Zukunft in allen Belangen gehorchen. Wenn ich dir sage, du sollst mir etwas bringen, dann sollst du mir es bringen. Wenn ich dir befehle, mich zu befriedigen, dann sollst du mich zum Orgasmus bringen. Wenn ich dir sage, wie du es tun sollst, dann hast du es genau zu befolgen. Wenn du nicht gehorchst, werde ich dich von Herrn Arthur foltern lassen. Es wird nie eine

Gefahr für dein Leben bestehen. Wenn du meine Regeln nicht einhalten möchtest, oder kannst, dann verlasse diesen Ort und komme nie wieder! Was ist deine Entscheidung? Bleiben oder Gehen? Antworte jetzt!«

Ich überlege nur wenige Sekunden und antworte: »Bleiben.«

Kaum habe ich das gesagt, werde ich an Händen und Füßen angekettet. Meine Beine werden gespreizt und meine Arme auseinander gezogen.

Alle Viere strecke ich von mir.

Es ist eine anstrengende Position, da ich meine Beine nicht mehr zusammen bringen kann. Jetzt kommt noch ein Scheinwerfer von unten dazu, der mir direkt zwischen meine Beine leuchtet. Ich sehe mich gegenüber im Spiegel und bin völlig erregt.

Diese Szene bringt mein Blut so in Wallung, dass mir förmlich der Saft die Oberschenkel hinunter läuft. Plötzlich geht das Licht wieder aus und ich höre Schritte von allen Seiten auf mich zukommen.

Was wird jetzt passieren?

Ich werde sicherlich angefasst werden.

Ja, so ist es: schon spüre ich die ersten Hände an meinem Körper.

Ich kann nicht erkennen, wie viele Menschen, wie viele Hände mich überall berühren.

Ich spüre sie an meinen Füßen, zwischen meinen Zehen, an meinen Knien, in meinem Kniekehlen, an meinen Pobacken, an meinem After, an meinen Schamlippen, zwischen ihnen, an meinem Bauch, in meinem Bauchnabel, an meinen Brüsten, den Brustwarzen, an meinem Hals, in meinem Nacken, in meinen Haaren und in meinem Gesicht, in meinem Mund und meinen Ohren.

Wie viele Menschen können das sein?

Es sind sowohl grobe als auch zarte Hände.

Ich halte ganz still.

Jeden Moment erwarte ich etwas Hartes, das mir zwischen meine Beine, in meine Muschi oder in meinen Po gesteckt wird.

Aber die Hände bleiben außerhalb.

Sie fassen mich nur überall an.

Nach etwa zehn Minuten lassen alle von mir ab und ich höre Schritte, die den Raum verlassen.

Plötzlich geht das Licht wieder an und nur ein älterer Herr steht direkt vor mir.

Wir sind ganz alleine.

Es ist wohl der Hausherr.

»Das hast du sehr gut gemacht, Cora. Ich bin stolz auf dich. Du bist seit langem wieder ein wirklich bildhübsches Mädchen, das zu mir gefunden hat. Ich bin sehr glücklich darüber. Denn dein Anblick ist eine Wohltat für mich.«

Er kommt näher zu mir heran und streichelt meine Brüste, so dass meine Brustwarzen ganz hart werden vor Erregung. Unter seiner leichten Stoffhose sehe ich eine starke Ausbeulung. Sein Penis steht stark ab. Er steigt zu mir auf das Podest und drückt seinen Körper ganz fest an meinen, sodass ich seinen steifen Penis zwischen meinen Beinen spüren kann. Es streichelt mein Rücken hinab bis zu meinem Po und steckt mir dann von hinten einen Finger in die Muschi.

Er spürt wie nass ich dort bin.

Er kommt mit seinen Mund ganz nah an mein Ohr und flüsterte: »Ich will dich jetzt losmachen. Dann möchte ich, dass du eine Strumpfhose anziehst.«

Er bindet die Fesseln von meinen Armen und meinen Füßen. Gleichzeitig kommt eine Zofe hinzu und reicht mir eine schwarze hauchdünne Strumpfhose.

Dann verlässt sie den Raum wieder.

Bevor ich die Strumpfhose anziehen kann, nimmt der Herr mich an der Hand und führt mich in einen kleinen

Nebenraum in dem ein großes rotes Bett steht.

Er verschließt die Tür hinter uns und macht das Licht an. Dann setzt er sich auf den Sessel gegenüber und sagt erregt: »Cora, ich möchte, dass du dir die Strumpfhose ganz langsam anziehst und mir danach die Hose öffnest.«

Ich nicke und beginne die Strumpfhose langsam über meinen rechten Fuß zu ziehen. Ich schaue dabei zu ihm hinüber und sehe, wie sehr ihn der Anblick erregt.

Als ich die Strumpfhose über meinen Po hinauf gezogen habe, gehe ich zu ihm rüber, knie mich vor ihn und öffne seine Hose. Ich hole seinen Penis, der sehr groß und steif ist, heraus. Wie automatisch, nehme ich ihn in den Mund und beginne ihn zu lecken.

Das gefällt ihm.

Er schließt seine Augen und streichelt meinen Kopf. Dabei drückt er ihn immer wieder gegen seinen Unterleib, damit sein steifer Schwanz tiefer in meinen Rachen gleitet. Dabei verschlucke ich mich so sehr, dass ich stark husten muss.

Aber beim zweiten Mal geht es schon viel besser und ich bekomme den Penis fast bis zum Anschlag in meinen Mund.

»Du bist ein geiles, kleines Stück, Cora, und so unglaublich schön. Ich bin sicher, mein Sohn möchte dich auch öfter in Florida haben wollen. Würdest du auch zu ihm gehen und ihm alle Freuden erfüllen?«

»Aber natürlich, Herr. Ich tue alles, was sie mir befehlen. Wenn Sie möchten, dass ich Ihren Sohn sexuell befriedige, dann werde ich dies selbstverständlich tun.«

Ich weiß gar nicht was mit mir geschieht, so unterwürfig habe ich mich selbst noch nicht erlebt.

Aber ich liebe diese Rolle.

Andere Männer zu befriedigen, ist wohl meine absolute Leidenschaft.

Während ich den Penis lecke und immer wieder tief in

meinen Mund nehme, reibe ich im gleichzeitig mit zwei Fingern meine Klitoris. Ich bin sicher, wenn er gleich in meinen Mund spritzt, dass ich auch kommen werde.

Und so geschieht es: Seine Hoden werden plötzlich ganz hart und er beginnt, laut zu atmen. Meine Finger kreisen immer schneller um meine Muschi und gleichzeitig mit den ersten Sperma Spritzer in meinen Mund ergreift mich ein Orgasmus, wie ich ihn bisher nie erlebt habe. Ich schlucke den Saft und bekomme immer wieder Orgasmen. Hmmm, ich schlucke und schlucke.

Mein Herr und Gebieter zuckt mit dem ganzen Körper und entlädt sich völlig in meinem Mund.

»Oh, Cora. Wenn du weiter so gefällig bist, werde ich dich sehr hoch belohnen. Das verspreche ich dir. Doch es kommen noch ein paar Aufgaben auf dich zu, von denen ich erwarte, dass du sie ohne Widerworte erfüllst.«

Mit diesen Worten schließt er seine Hose und verlässt wortlos den Raum. Ich lecke mir den Rest des Spermas von meinen Lippen und schlucke es hinunter.

Der Saft schmeckt gut.

Während ich alleine auf dem Bett sitze, frage ich mich, welche Aufgaben er für mich hat.

Ob ich auch eklige Arbeiten leisten muss oder nur sexuelle?

Sex ist keine Strafe für mich, egal wie er ausfällt. Ich bin gespannt.

Das Fellatio-Zimmer

Es dauert nicht lange und es kommen wieder zwei Zofen zu mir ins Zimmer und bringen mich zu einem anderen Ort. Wir müssen das Schloss fast vollständig durchqueren.

Wir gehen lange düstere Gänge entlang, die mit echten Fackeln erleuchtet sind.

Sehr spannend.

Doch ich habe keine Angst, denn ich weiß, wenn ich bereit bin, meinen Körper zu geben, kann mir hier nichts passieren.

»Komm, Cora, hier hinein. Dies ist dein Zimmer«, gibt die Ältere von den beiden, ziemlich herrisch, von sich. Ich nicke und folge ihr in den Raum.

Irgendwie ist er komisch.

Auf den ersten Blick sieht er aus wie das Zimmer einer Prostituierten in einem Edel Bordell: Roter Teppich, cremefarbene Tapete mit goldenen Sichelmustern.

Die Beleuchtung ist gedämpft, da nur zwei Nachttischlampen an sind.

Außergewöhnlich ist, dass das Bett kreisrund ist und mitten im Raum steht. Jetzt erst fällt mir auf, dass es keine Schränke gibt.

Der Raum ist im Kreis angeordnet und in den Wänden sind faustgroße Löcher. Ich frage mich, welche Bedeutung sie haben.

Aber egal.

Da ich nur eine Strumpfhose trage und sonst nichts, frage ich nach meinen Kleidern.

»Du wirst die erste Woche nur die Strumpfhose tragen. Sonst nichts. Es ist hier überall ausreichend warm, so dass du nicht frieren musst. Nur bei der Küchenarbeit wird es kälter sein. Und wenn du draußen den Hof kehrst. Hier drinnen ist es deine Aufgabe zu schlafen und zu blasen.«

»Zu blasen?«

»Ja, dies ist das Fellatiozimmer. Immer, wenn ein erregter Penis durch ein Loch hinein gestreckt wird, musst du ihn bis zum Spritzen bringen. Wir möchten keine Flecken auf dem Teppich. Deshalb sollst du alles schlucken, egal wie viel, egal von wem. Du siehst die Männer nicht. Sie sind die Gäste unseres Herrn und wollen geblasen werden. Ich erwarte, dass es keine Probleme dabei gibt.«

Ich schaue sie mit großen Augen an und frage: »Und wann kommen die Männer, und wie viele sind es?«

In dem Moment höre ich ein Klingelzeichen und eines der Löcher wird beleuchtet. Kurz darauf sehen wir, wie ein weicher, nach hängender Schwanz durch das Loch gesteckt wird.

»Oh, welch Zufall. Gehe dorthin, kniee dich und lecke. Ich werde dir dabei zusehen.«

Ich befolge ihren Befehl und beginne, den Penis in den Mund zu nehmen.

Er wird schlagartig steif, als ich seine Eichel mit der Zungenspitze umkreise. Ich höre kein Stöhnen durch die Wand. Ich stecke ihn immer wieder tief in meinen Rachen und schaue zur Zofe hinauf, die mich interessiert beobachtet. Sie nimmt eine Hand unter den kurzen Rock und beginnt sich selbst zu streicheln.

Sie trägt auch keinen Slip unter der Strumpfhose und ich erkenne, dass sie völlig feucht dort ist.

Ich lecke und blase minutenlang.

Als der Mann gegen meinen Gaumen spritzt und ich

schlucke, sehe ich, wie auch die Zofe einen Orgasmus bekommt. Sie zuckt am ganzen Körper und stöhnt laut.

Als ich fertig bin und alles geschluckt habe, zieht sich der Penis wieder ins Loch zurück.

»Das hast du ausgezeichnet gemacht, Cora. So geht das. Du bist wirklich ein außerordentlich hübsches Mädchen. So, bevor ich dich gleich in deine Arbeit einweise, noch ein paar Hinweise zu deinem Bett: Wenn du es verlässt, erwarte ich, dass es immer picobello gemacht ist. Deine Strumpfhosen bewahrst du in den Schubladen darunter auf. Dies ist auch dein einziger Schrank. Nach einer Woche wirst du dein Dienstmädchenkleid bekommen und brauchst nicht mehr nur in Strumpfhose herum zu laufen.«

»Warum muss ich denn andauernd fast nackt herumlaufen?«, frage ich verschüchtert.

»Du sollst dich jedem Mann zeigen. Egal, wer Lust hat, dich anzufassen, darf es. Also, wenn du in der Küche hilfst, und unser Koch wird durch deinen Po erregt, dann darfst du dich nicht dagegen wehren, wenn er sein hartes Glied in dich hinein steckt. Jeder darf mit dir machen, was er will. Eine Woche lang. Diese Aufnahmeprüfung habe ich auch machen müssen. Jedes Mädchen macht sie. Also zier dich nicht.«

Ich nicke.

»Komm jetzt, ich zeige dir unseren Gästebereich. Dort schlafen die Freunde von unserem Herrn. Die Betten sind noch nicht gemacht. Bis zum Abendessen müssen alle Zimmer gemacht sein.«

»Und was ist, wenn ein Gast mit mir schlafen möchte und ich nicht mehr genug Zeit habe, um die anderen Zimmer fertig zu machen?«

»Das ist dein Problem. Dann befriedige den Gast schnell. Reibe seinen Penis gleichzeitig beim Blasen zum Beispiel. Dann spritzt er schneller. Versuche die Männer auf dem Sofa oder einem Sessel zu besteigen, damit das Bett nicht zerwühlt wird. Schließlich soll das gemacht werden.«

»Oh, das sind gute Tipps, vielen Dank. Noch eine Frage: Ist es bei allen Mädchen so, dass sie erregt werden bei ihrem Dienst? Ich werde total feucht dabei.«

«Ja, Cora, sonst würden wir das alle nicht so gerne machen, was wir hier tun. Ich werde auch total feucht, wenn ich unterwürfig bin. Das ist allerdings nur der Anfang. Der ersten Prüfung werden weitere, viel anspruchsvollere folgen.«

»Welche denn?«, möchte ich unbedingt wissen.

»Das wirst du schon noch sehen, ruh dich jetzt erst einmal aus. Um sechs bringe ich dir dein Abendessen. Heute Nacht wirst du viele Schwänze blasen müssen. Da brauchst du Kraft.«

Ich nicke und setze mich auf das Bett. Sie verlässt das runde Zimmer.

Ich bemerke meine Hand zwischen meinen Beinen. Sie kreist mit zwei Fingern ständig um meine Muschi.

So erregt und feucht war ich noch nie.

Dicke Schwänze in meinem Mund machen mich ohnehin schon besonders schnell an.

Die Spannung, nicht zu wissen, wann der nächste nackte Penis durch ein Loch in mein Zimmer gestreckt wird, heizt mich unendlich ein.

Ich bin sicher, ich werde beim nächsten Lecken zum Orgasmus kommen. Vielleicht sogar ohne die Hilfe meiner Hände.

Das hatte ich noch nie: Einen Orgasmus, nur durch den Kontakt meiner Zunge mit einem erigierten Penis.

Insbesondere der intensive animalische Geschmack des Vorsamens weckt intensive Reize in meiner Vagina.

Es scheint, als fordere der Geschmack des Safts eines Mannes meinen eigenen. Ich werde so feucht zwischen den Beinen, dass ich es bei jedem Schritt merke.

Zum Glück fangen die Maschen meiner Strumpfhose das

meiste auf, so dass es nicht meine Oberschenkel hinunter laufen kann.

Immer wieder spiele ich mit meinen Fingern an meiner Muschi rum.

Und endlich höre ich wieder einen leisen Klingelton.

Ich schaue mich um woher her kam. Dann sehe ich plötzlich in einem anderen Loch einen vollständig erigierten Penis in mein Zimmer hineinragen.

Offensichtlich ist jemand sehr angetan von dem Gedanken von einem neuen Dienstmädchen oral befriedigt zu werden.

Ich knie mich auf das dunkelrote Kissen vor dem Loch und höre ein zitterndes Atmen. Er ist wohl schon so erregt, dass ich ihn nur kurz anzufassen brauche. Meine Finger kreisen heftig um meinen Kitzler bevor ich mich entscheide mit meiner Zunge seine Eichel zu berühren.

Und es ist tatsächlich so: Ich brauche nur einmal mit meiner warmen, nassen Zunge um seinen harten Penis zu kreisen, schon kommen mehrere Schwalle weißer Saft auf meine Zuge geschossen.

Ich kann mich ebenfalls nicht mehr zurückhalten und zucke beim Schlucken des Spermas mit dem ganzen Körper. Ah. Ich stöhne. Einiges läuft an meinen Lippen vorbei auf meine Brust und die Beine. Aber das meiste kann ich schlucken.

Genauso schnell wie er gekommen ist, ist er auch wieder verschwunden.

Ich versuche mich zu erinnern, ob ich diesen Schwanz heute schon einmal geleckt habe, doch ich glaube, er war kleiner als die anderen.

Auf jeden Fall schmeckte der Saft anders, als alle anderen zuvor.

Mein Herr konnte es nicht gewesen sein.

Ich lege mich etwas hin.

Dabei bemerke ich die weißen Flecken auf meinem Nylon. Ich schaue in die Schublade des Betts und finde zwei Fächer »Wäsche« und »Frisch«.

Die frischen Strumpfhosen sind wohl gewaschen. Ich nehme eine heraus und stecke eine Hand in eine der Beine. Meine Hand arbeitet sich bis zur Zehenspitze vor. Dann spreize ich die Hände, wie es Frauen immer tun, um zu sehen, ob die Maschen noch ohne Läufe oder kleine Beschädigungen sind. Ich führe das Nylon an meine Nase, um daran zu riechen.

Sie riecht nicht nach Waschmittel, sondern eher nach Penis. Als ob sie dazu verwendet wurde, einen Penis zu säubern, der lange nicht gewaschen wurde.

Ein Mix aus Urin und Sperma.

Ein für mich gewohnter Duft. Denn heute war noch kein Schwanz, den ich gelutscht habe, vorher gewaschen worden.

Das muss auch nicht sein, ich liebe den Geschmack eines geilen Mannes.

Ich bin wohl kurz eingenickt, denn als ich aufwache, habe ich großen Hunger. Ich hoffe, dass es bald sechs Uhr ist und mir das Essen gebracht wird.

Allerdings bin ich auch gespannt, wann ich wieder an ein Loch muss.

Da ich keine Armbanduhr mehr trage, habe ich das Gefühl für die Zeit verloren.

Es ist ja auch kein Fenster in diesem merkwürdigen Zimmer.

Ich weiß gar nicht, wo es im Haus gelegen ist. Ob Einzelkabinen um es angeordnet sind oder ob es in der Mitte eines großen Raumes liegt.

Es gibt auf jeden Fall nur eine Tür.

Ich halte sie ständig im Blick, weil ich es nicht mehr erwarten kann, dass mir die Zofe ein leckeres Mal bringt.

Und endlich: Die Tür öffnet sich und ein, genauso wie ich, nur in einer dünnen Strumpfhose gekleidetes Mädchen kommt hinein und stellt ein Tablett mit einer Schüssel mit Fruchtsalat vor mich auf das Bett.

Ich frage: »Fruchtsalat? Bekomme ich nicht auch etwas Herzhaftes?«

Das Mädchen schüttelt nur mit dem Kopf und verlässt den Raum sofort wieder. Entweder sie ist stumm, spricht nicht meine Sprache oder darf nicht mit mir reden.

Egal.

Ohne Umschweife mache ich mich über den Salat her.

Er schmeckt köstlich.

Eigentlich wollte ich sie noch fragen, wann denn die vielen Männer kommen werden, die von mir geblasen werden sollen.

Und ob sie den gleichen Dienst hat wie ich.

Es gehen mir so viele Dinge durch den Kopf.

Das Mädchen hat offensichtlich den Küchendienst. Sonst hätte sie mir ja nicht das Essen gebracht.

Ich lege mich zurück und genieße es, dass ich noch nicht in der Küche schuften muss, sondern lediglich liegen und warten darf. Das Lecken an den Schwänzen fremder Männer finde ich viel geiler als irgend einen Dienst in der Küche.

Aber, wer weiß, was noch heute Abend auf mich zukommt.

Ein wenig Sorge habe ich schon, was sein wird, wenn ich nicht alle Männer befriedigen kann.

Wenn drei auf einmal ihr Glied in mein Zimmer strecken.

Als hätte ich es geahnt, auf einmal höre ich zwei Klingeln gleichzeitig und zwei Lampen erleuchten. Zum Glück direkt nebeneinander erscheinen zwei noch schlaffe Penisse.

Ich springe auf, knie mich zwischen die beiden Löcher

und beginne beide Geschlechtsteile mit je einer Hand zu massieren.

Sie werden schlagartig hart.

Dann entscheide ich mich für den rechten, um ihn in den Mund zu nehmen. Zum Glück komme ich gleichzeitig noch mit der linken Hand an den anderen heran.

Jetzt höre ich neben dem Stöhnen der beiden Männer auch weitere Geräusche durch die Löcher dringen.

Offensichtlich hat eine Party um mich herum begonnen.

Ich versuche etwas durch die Löcher zu erkennen, aber alle sind von außen mit einer Klappe verschlossen.

Die einzigen Offenen sind von den Unterleibern der Männer bedeckt. Ich sehe nur Schamhaare und die Hoden.

Jetzt wechsle ich mit dem Mund zum anderen Mann. Dieser stöhnt laut auf und spritzt mir seinen heißen Saft direkt auf die Zunge.

Ich lecke ihn sauber und reibe gleichzeitig am anderen Schwanz.

Ich möchte gerade wieder meine Zunge zur Hilfe nehmen, da sehe ich, wie auch der hinaus spritzt. In vier starken Stößen pumpt sich das Sperma in mein Zimmer. Damit habe ich gar nicht gerechnet.

Was soll ich denn jetzt machen?

Ich habe gar keine Tücher hier.

Ich schaue mich im Raum um, finde aber nirgendwo eine Tücherbox.

Ich überlege: Es gibt nur zwei Möglichkeiten: ich lecke es vom Boden und schlucke es herunter oder ich wische es mit meinem Nylonfuß weg.

Da plötzlich schon wieder neue Glieder durch andere Löcher gesteckt werden, entscheide ich mich für die letztere Variante und rutsche mit meinen Füßen über die weißen Flecken auf dem glatten Holzboden.

Meine Strumpfhose ist ohnehin voller Sperma.

Dann eile ich zu den nächsten gierig pumpenden Penissen.

Ich lecke, blase, stöhne, lutsche, beiße, sauge, streichle, wichse, quetsche, drücke, liebkose, küsse, massiere und kitzle einen Schwanz nach dem anderen und schlucke und schlucke und schlucke jeden Tropfen heißen, geilen Männer-Saft.

Plötzlich überrascht mich ein Mann mit einem Vorschlag: »Möchtest du ein wenig Champagner trinken?«

»Ja, gerne. Aber wie? Es passt doch kein Glas durch das Loch.«

»Kein Problem. Bleib einfach so wie du bist. Und nimm meinen harten wieder in den Mund. Ich werde den Champagner an ihm entlanglaufen lassen.«

Ich lache: »Tut dir das nicht weh? Das muss doch brennen.«

»Mach dir mal keine Sorgen, Mäuschen. Ich bin so einiges gewohnt. Schmerz macht mir Freude.«

Ich nehme die Spitze seines Rohres wieder in den Mund, umschließe ihn allerdings nicht mit meinen Lippen, damit der edle Tropfen in meinen Mund laufen kann. Wenige Sekunden des Wartens vergehen und auf einmal schmecke ich den unglaublich erfrischenden Geschmack des Champagners auf meiner Zunge.

Herrlich! Der ständige Geschmack von männlichen Samen im Mund wurde mir langsam schon etwas zu viel.

»Vielen Dank, das ist wundervoll. Auf die Idee ist noch niemand anders gekommen.«

»Wirklich nicht?«, fragt er erstaunt, das mache ich aber mit allen Mädchen. Vielleicht sind die anderen Kerle hier nur Weicheier.«

»Hey!«, würde ich einen anderen von hinten rufen. »Dass mit den Weicheiern habe ich gehört!«

Alle im Raum lachen. Ich auch.

»Ihr habt ja Spaß da drüben, oder?«, rutscht es mir plötzlich heraus.

Zunächst antwortet er nicht, doch dann raunzt er: »Du bist doch ein Dienstmädchen, du darfst nicht sprechen. Du solltest besser die Klappe halten. Sonst bekommst du kein Champagner mehr. Denn das darf ich eigentlich auch nicht. Die Regeln sind hier sehr streng. Wir sind hier nicht in Miami.«

Ich sage besser nichts mehr und mache mit meinen Zungenspielen weiter. Es dauert nicht lange und es ist bestimmt der zwanzigste Penis denn ich auslutschen darf.

Dann ist die Party zu Ende.
Ich lege mich erschöpft auf mein Bett und schlafe sofort ein.

HAUSARBEIT

Am nächsten Morgen wache ich auf, weil ich ein Streicheln an meinen Beinen bemerke.

Ich schrecke auf.

Herr Arthur sitzt neben mir auf dem Bett und streichelt mir in aller Ruhe meine Strumpfhosenbeine.

»Bleib liegen, du machst mich scharf«, sagt er mit einem bestimmenden Ton.

Ich erinnere mich daran, dass ich alle Befehle zu befolgen habe, die mir Herr Arthur gibt. Deshalb nicke ich kurz und lege mich wieder zurück.

Ich halte mich ganz still.

Ich schaue zur Seite auf seine Hose und erkenne, dass er sehr erregt ist.

Ich bin sicher, er wird gleich mit mir schlafen wollen.

Seine Hände gleiten über meine Füße, meine Unterschenkel, zwischen meine Oberschenkel und wieder hinunter.

Jetzt greift er mit der rechten Hand zwischen meine Beine und drückt zwei Finger fest zwischen meine Schamlippen.

Sein Daumen kreist fest um meinen Kitzler. Mit der linken Hand streichelt er meine Brüste und versucht durch leichtes Massieren meine Brustwarzen aufzustellen.

Das gelingt ihm spielend leicht.

Ich werde sehr feucht und das merkt er natürlich.

Ich möchte gerade mit meiner Hand an seinen steifen Schwanz greifen, da hält er mich zurück und sagt: «Rühr dich nicht vom Fleck, bewege dich nicht, ich möchte, dass du keinen Muskel bewegst. Stell dich einfach tot. Ich werde jetzt über dich rüber rutschen und mich an dir befriedigen.«

Kaum hat er das gesagt höre ich einen Ratschen zwischen meinen Beinen. Es ist die Strumpfhose, die er mir aufgerissen hat.

Dann zieht er sich die Hose aus, holt seinen erigierten Penis heraus. Er dreht mich mit einem unsanften Ruck auf dem Bauch, so dass mein Hintern nach oben zu ihm gerichtet ist.

Er zögert nicht lange und legt sich mit seinem ganzen Körper auf mich. Dabei drückt er seinen Schwanz tief in meine Muschi.

Sein langes hartes Glied gleitet spielend leicht in mich hinein.

Seine Streicheleinheiten haben mich gut darauf vorbereitet. Ich bin sehr feucht. Er fasst mir von hinten an die Kehle, als wolle er mich erwürgen.

Mir bleibt die Luft weg.

Sein Unterleib knallt wie ein Presslufthammer gegen meinen Arsch. Ich spüre sein langes Teil tief in mir drin.

Immer wieder streichelt er mit der linken Hand meine Beine auf und ab. Sein harter Griff an meiner Kehle macht mich schwindlig.

Doch sein ständiges Stoßen lenkt mich davon ab und ich komme jeden Moment zum Orgasmus.

Ich stöhne immer lauter, meine Atemnot wird schlimmer.

Plötzlich falle ich in Ohnmacht.

Als ich wieder zu mir komme, liege ich immer noch auf dem Bauch und Herr Arthur hat seine Hand an meiner Kehle, nur etwas ist anders: Er ist mit seinem Penis nicht mehr in meiner Muschi sondern in meinem Anus.

Wieder bekomme ich einen Schwindelanfall. Als er seine

rechte Hand an meine Muschi nimmt, und drei Finger fest in sie hinein drückt, komme ich zu einem ungeahnt langen Orgasmus.

Mit jedem Stoß in meinen Arsch erreicht er meinen G-Punkt so genau, dass ich in den Zeitabständen seiner Stöße immer wieder Orgasmusschübe bekomme.

Mein Körper zittert, mein Herz rast.

Ich schreie vor Lust.

Plötzlich zieht er sich aus mir heraus, stellt sich vor meinen Mund und drückt meinen Kopf gegen seinen Schwanz. Ich nehme ihn in den Mund und beginne, zu lutschen. Das was ich gestern im Minutentakt gemacht habe, mache ich jetzt wie automatisch.

Ich lecke nur ein wenig und schon kommt er in meinem Mund.

Soviel Sperma habe ich noch nie schlucken müssen.

Ich habe ihn offenbar so erregt wie noch nie.

Ich schlecke alles weg und schaue zu ihm hoch.

»Gut gemacht, Cora. Heute hast du Küchendienst. Nur der Koch und die Gehilfen dürfen sich sexuell an dir bedienen. Ist das klar?«

Ich nicke.

Gerade will ich fragen, wann ich denn Freizeit habe, da folgt die Antwort schon von ganz allein:

»Du bist nur diese Woche rund um die Uhr bei uns, damit wir dich dressieren können. Dafür hast du die nachfolgenden zwei Wochen ganz frei. Dann kannst du nach Hause fahren und dich erst einmal von den ganzen geilen Diensten erholen. Aber diese Woche wirst du den Küchendienst, den Putzdienst, den Gartendienst und den Sklavendienst kennen lernen. Und das Wochenende fliegst du zum Junior nach Florida.«

Ich reiße meine Augen auf vor Überraschung.

Habe ich das richtig gehört?

Ich fliege nach Florida, zu Patrick?

»Nun schau nicht so, Cora! Ja, du fliegst nach Amerika am Wochenende. Das hat der Junior so bestellt. Allerdings nicht, um Freizeit zu verbringen. Dort wirst du weiter ausgebildet. Patrick hat dort eigene Methoden, die du unbedingt beherrschen musst, wenn du auch ihm dienen möchtest.«

»Ja, Herr Arthur. Das möchte ich unbedingt.«

Doch auch das hat meinem Ausbilder offensichtlich nicht so gut gefallen: »Cora, du weißt, dass es nicht darum geht, was du möchtest, sondern was deine Herren möchten. Also sage nicht was du willst. Sondern nicke nur.«

Ich will schon wieder antworten, halte aber noch rechtzeitig ein und nicke.

Die nachfolgenden Tage vergehen wie im Fluge, da ich mich so sehr auf meine Reise zu Patrick freue.

Natürlich werde ich in der Küche von jedem Gehilfen unsittlich berührt.

Es gibt keinen Schwanz, den ich nicht lutschen soll.

Der Koch nimmt mich am Abend sogar mit zu sich nach Hause, damit ich mit ihm und seiner Frau einen Dreier mache.

Beim Putzdienst auf der Toilette blase ich Schwänze die gerade gepinkelt haben.

Ein Unbekannter spritzt mich sogar von hinten voll mit seinem Urin, während ich auf dem Boden kniee, um unter den Männerbecken zu wischen.

Auch mein Herr und Gebieter ist zu mir auf die Toilette gekommen, um zuerst seinen Urin in meinen Mund zu schießen und danach noch sein Sperma von mir schlucken zu lassen.

Das ist für mich der härteste Dienst, den ich mir vorstellen kann und auf den ich überhaupt nicht vorbereitet war.

Aber ich erfülle alle Wünsche ohne ein Murren.

In keinem Moment hat es mich so angeekelt, dass ich

aufhören wollte. Vielleicht liegt es daran, dass ich ständig sexuell erregt bin.

Schon seit Tagen laufe ich nur mit einer dünnen, vollständig transparenten Strumpfhose herum.

Ich bekomme jeden Tag mindestens drei Orgasmen.

Ich glaube ich bin wirklich geboren für diesen Dienst.

Der Gartendienst ist der körperlich härteste, weil die Anlage so unendlich groß ist. Um mich zu schützen, darf ich einen grünen Kittel über die Strumpfhose ziehen.

Der Gärtner hat zwar die ganze Zeit seine Finger an mir und ich muss ihn zweimal blasen, aber mehr an sexuellen Diensten ist nicht an diesem Tag.

Dafür habe ich mir gehörigen Muskelkater eingefangen. Das ständige Bücken und Knien unter den Büschen und in den breitangelegten Beeten hat mich so fertig gemacht, dass ich am nächsten Morgen fast das Frühstück verpasst hätte.

Haustier in Florida

Freitag in der frühen Morgenstunde werde ich schon um fünf Uhr geweckt.

Ich darf zum ersten Mal wieder die Dienstmädchenuniform tragen. Ich fühle mich sehr wohl darin.

Ein Chauffeur holt mich ab und fährt mich zum Flughafen.

Der Flug nach Miami dauert elf Stunden.

Nicht überraschend empfängt mich dort auch eine Zofe. Sie ist genauso gekleidet, wie ihre Kolleginnen in Deutschland. Sie hat allerdings einen sehr freundlichen und unterwürfigen Gesichtsausdruck.

»Hallo Cora, willkommen in Miami. Mein Name ist Eva. Du wirst schon sehnsüchtig erwartet.«

»Danke, Eva. Ich freue mich, hierher kommen zu dürfen.«

»Ja, das ist ein Privileg. Nicht alle von uns dürfen dem Junior dienen. Doch auch das hat seinen Preis. Hier herrschen ganz andere Sitten als beim Senior.«

Ich werde neugierig, »Was meinst du damit?«

»Das wirst du schon noch sehen. Gleich heute Abend steht die erste Lektion an. Patrick wird dich heute Abend ausführen.«

»Ich gehe mit ihm aus?«

»Ja. In einen Klub, direkt am Strand. Allerdings wirst du

ihn als sein Haustier begleiten. Wir nennen das Pet.«
»In der Öffentlichkeit?«
»Na klar! Ich sagte ja: Es ist hier anders.«

Ich kann mir zwar noch nichts darunter vorstellen, aber es hört sich nach einer erneuten Herausforderung an.

Den Rest der Taxifahrt zur Villa meines Junior-Herrn schweigen wir.

Dabei streichelt mir Eva jedoch den ganzen Körper. Sie fasst mir unter den Rock, zwischen die Beine und gleitet mit ihren Händen meinen gesamten Körper auf und ab.

Ich lasse es geschehen. So, wie mein Herr es mir befohlen hat. Sie hat sehr zarte Hände und trägt Nylonhandschuhe. Ich sehe es in ihren Augen, wie sehr sie das erregt. Ich mag ihre Berührungen.

*

Patricks Anwesen liegt in einem von schwarz gekleideten Security Männern beschützten Areal.

Sie winken das Taxi durch.

Ich bin beeindruckt von dem offensichtlichen Reichtum, den schon die Auffahrt entlang des Meeres widerspiegelt: Die Straßenkanten sind aus weißem Marmor, genauso wie die zusätzlich mit Gold umfassten Palmentöpfe, die auf den perfekt gepflegten Rasenflächen stehen.

Es ist prunkvoller, als alles, was ich bisher in irgendwelchen Magazinen über reiche und schöne Menschen gesehen habe.

Das Wetter ist herrlich.

Der Wagen fährt vor und ein Butler öffnet mir die Tür.

Er lächelt sehr freundlich, hält meine Hand, um mir aus dem Rolls-Royce zu helfen und verkneift sich nicht, mir dabei zwischen die Beine, unter den Rock zuschauen. Ich lächle ihn verständnisvoll an und freue mich über seine galante Art.

Die letzten Tage wurde ich nur benutzt und vergewaltigt. So etwas Nettes habe ich jetzt schon lange nicht mehr erlebt.

Wir gehen einen langen Palmengarten entlang und kommen in einen schattigen Innenhof.

Dort stehen mehrere großzügig ausgelegte Sessel aus Korbgeflecht mit vielen weißen Kissen.

Auf einem davon liegt Patrick mit zwei Mädchen im Arm. Rechts eine Blondine in einer hautfarbenen Strumpfhose und links eine schwarzhaarige Farbige in einer schwarzen Strumpfhose.

Sonst sind sie nackt. Er hat die Augen geschlossen und beide Mädchen streicheln ihn am Kopf und zwischen den Beinen.

Seine weite weiße Hose ist zwar geschlossen, aber ich kann sehr gut sein steifen Penis darunter erkennen. Zunächst schauen mich nur die Mädchen an.

Er scheint zu schlafen.

Ihr Blick ist prüfend, skeptisch. Etwas von oben herab. Als wollten sie sagen: »Na, du kleine kannst hier aber nicht mithalten, in deinem biederen Dienstmädchenkostüm.«

Der Butler fragt leise und vorsichtig »Herr Patrick, die Neue ist da. Haben Sie Lust?«

Plötzlich öffnet Patrick die Augen und setzt sich auf. Er nickt und schickt den Butler mit einer kurzen Handbewegung weg. Dabei bewegt er seine Hand nicht vollständig sondern irgendwie nur seine vier Finger. Es ist eine ganz leichte und kleine Bewegung. Sie reicht aber aus um seinen Diener schleunigst vom Innenhof zu verweisen.

Er sagt immer noch nichts, schaut mich aber von oben bis unten an. Er erhebt erstaunt seine Augenbrauen und schaut mich durchdringend an.

Ich weiß nicht was er möchte, doch ich traue mich nicht, etwas zu sagen. Er hebt wieder seine Augenbrauen und ich gewinne den Eindruck, dass er möchte, dass ich mich ausziehe vor ihm.

Vielleicht ist es das.

Ich beginne, langsam meine Bluse aufzuknüpfen, um zu sehen, wie seine Reaktion darauf ist.

Tatsächlich: Er nickt auf eine so gütige Art, als wolle er sagen: «Na endlich kapierst du es.«

Ich mache weiter.

Nach meiner Bluse mache ich den Reißverschluss meines Rockes auf und lasse ihn zu Boden fallen.

Jetzt stehe ich nur noch in Strumpfhose und Sandalen vor ihm.

Er nickt und winkt mich mit der gleichen Handbewegung, die er für den Butler in die andere Richtung verwendet hat, zu sich auf das Sofa.

Ich bin verunsichert, weil kaum Platz dort für mich ist. Schließlich liegen dort drei Personen.

Ich gehe näher heran.

Er macht weiter die Handbewegung. Dann klettere ich halt auf ihn drauf, denke ich mir, und tue es auch.

Er lächelt breit und nickt.

»Cora Gut«, sagt er nur.

Ich habe es wohl richtig gemacht.

Gar nicht so leicht, zu erkennen was er will.

Doch anstatt eine normale Konversation zu beginnen, höre ich nur: »Cora Hose.«

Ich muss lachen.

Aber alle drei, die Mädchen und er schauen mich ganz böse an.

Hier wird nicht gelacht, denke ich nur und versuche mich zu beherrschen.

Er wiederholt: »Cora Hose!«

Diesmal ist er lauter und bestimmender.

Langsam dämmert es mir: Die Zofe berichtete mir doch davon, dass ich ihn als Haustier begleiten soll.

Das Ganze erinnert mich an die Befehle, die man einem

Hund gibt.

Das ist verrückt, aber ich mache natürlich mit. »Hose!« bedeutet bestimmt, dass ich mit dem Mund an seine Hose soll.

Vielleicht soll ich sie auch erst einmal öffnen.

Das mache ich.

Ich klettere soweit seine Beine hoch, dass ich mit meinem Kopf gut an sie heran komme.

»Cora Gut.«

Alles klar, jetzt öffne ich die Hose.

»Cora Gut.«

Dann hole ich seinen Penis heraus und beginne ihn zu lecken.

»Cora Gut.«

Währenddessen streicheln die Mädchen meinen Po und lecken daran. Ich werde unglaublich feucht zwischen den Beinen. Ich konzentriere mich mit meinem Mund, meinen Lippen, meiner Zunge und meinen Händen ganz auf seine Hoden und seinen Penis.

Die Mädchen drücken ihre Finger durch meine Strumpfhose zwischen meine Schamlippen.

Ich beginne, schwer zu atmen.

Ich stöhne und stecke den harten kraftvollen Prügel von Patrick immer tiefer in meinen Rachen.

Diesmal stöhnt er: »Gut, Cora.«

Wenige Momente später spüre ich sein Sperma in meinen Rachen strömen.

Die Mädchen haben ihre Finger längst nicht nur in meiner Muschi sondern auch in meinem Po.

Kurz nachdem ich alles geschluckt habe, komme auch ich und schreie laut meine Lust heraus.

Endlich bin ich am Ziel meiner Träume. Mit Patrick zusammen in Florida.

Dann sagt er: »Mädchen, Reden!«

Die Drei beginnen, zu lachen und mich völlig normal zu

begrüßen.

»Hallo, Cora. Ich bin Muschi.«

»Hi, Cora. Ich bin Mausi.«

Ich zögere kurz, weil ich nicht weiß, ob ich auch reden darf. Doch prompt kommt ein: »Cora, Reden!«

Jetzt lachen wir alle vier herzhaft.

»Hallo Patrick, Muschi und Mausi. Das war aber gar nicht einfach, zu verstehen was ihr meint«, sage ich unverblümt.

»Cora, das ist ganz normal beim ersten Mal. Ich finde das hast du sehr gut gemacht. Du hast in der Woche in Deutschland wohl schon sehr viel gelernt,« findet Muschi.

Doch dann ergreift Patrick das Wort: »Willkommen, Cora. Du hast alles verstanden und alles richtig gemacht. Deine Zunge ist sehr gut. Deine Strumpfhose ist nicht defekt: Das ist auch sehr gut. Ich möchte, dass du nie kaputte Strumpfhosen trägst. Sobald du eine Laufmasche hast, erwarte ich, dass du sofort eine neue anziehst. Falls ich dich einmal mit einem Loch erwischen sollte, wirst du hart bestraft. Und wenn ich hart meine, dann wird das auch hart. Nicht wahr, Mausi?« Mausi nickt.

»Ich brauche dir nicht zu sagen, dass du nie Slips oder andere Unterwäsche unter die Strumpfhose ziehen darfst. Etwas Entscheidendes ist hier auch anders als bei meinem Vater. Hier darf dich niemand anderes anfassen, als ich. Bei meinem Vater wirst du von jedem gefickt. Er hat keine Übersicht darüber, wer alles von dir befriedigt wird. Natürlich wirst du hier auch von anderen Männern gevögelt werden, aber nur mit meiner ausdrücklichen Erlaubnis.«

Ich nicke.

»Ich werde dich heute Abend in meinem Beach Klub als mein neues Haustier vorstellen. Du heißt ab sofort »Petty«. Und du hörst nur noch auf diesen Namen solange du bei mir bist. Bei meinem Vater darfst du ruhig wieder Cora heißen. Damit heute alles gut klappt, werde ich dir jetzt auf die Schnelle vier Befehle beibringen.

1. »Bleib«: Dann sollst du immer an meiner Seite bleiben, immer in Körperkontakt.

2. »Gehorche« gefolgt von einem Namen, bedeutet, dass derjenige, dessen Namen ich nenne, dein zeitweiliger neuer Herr ist, dessen Befehle du ausführen sollst, bis ich wieder »Bleib« sage.

3. »Loch«: Zerreiße deine Strumpfhose zwischen den Beinen und Strecke mir den Po entgegen, damit ich dich ficken kann.

4. »Füße« bedeutet, dass du deine Schuhe ausziehen sollst und mir die Nylonzehen an meiner Nase führen sollst. Das macht mich nämlich geil. Der Geruch deiner verschwitzten Füße in Nylon.«

Ich lächle.

Ich muss mich aber erst an den Gedanken gewöhnen, dass ich das Wochenende als Hündin mit ihm gehen muss.

Eigentlich sollte es mich nicht verwundern, dass ich schon wieder erregt bin.

Ich freue mich auf die Zeit mit ihm.

Der Gedanke, ihm als Haustier zu dienen, verwirrt mich zwar, aber erregt mich im gleichen Maße.

Wie es als Haustier in Beach Club weitergeht, erzähle ich dann das nächste Mal.

***

Weitere Romane von Valerie Nilon finden Sie unter

ValerieNilon.com

Kroyani.com

MansIn.club

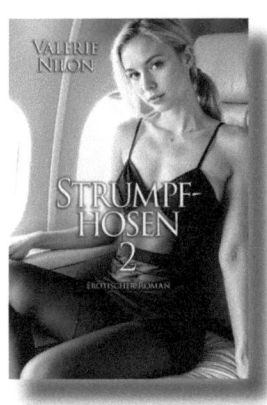